FUSION FANTASTIC STORY

월문선 장편 소설

화려한 귀환 7

월문선 장편 소설

초판 1쇄 찍은 날 § 2014년 8월 27일
초판 1쇄 펴낸 날 § 2014년 9월 3일

지은이 § 월문선
펴낸이 § 서경석

편집부장 § 권태완
편집책임 § 한준만
디자인 § 이거일

펴낸곳 § 도서출판 청어람
등록번호 § 제387-1999-000006호
등록일자 § 1999. 5. 31
어람번호 § 제1-1927호

주소 § 경기도 부천시 원미구 부일로 483번길 40 서경B/D 3F (우) 420-822
전화 § 032-656-4452 팩스 § 032-656-4453
http://www.chungeoram.com
E-mail § chungeorambook@daum.net

ISBN 979-11-316-9180-9 04810
ISBN 978-89-251-3687-5 (세트)

화려한 귀환

[완결] 7

FUSION FANTASTIC STORY

월문선 장편 소설

도서출판 청어람

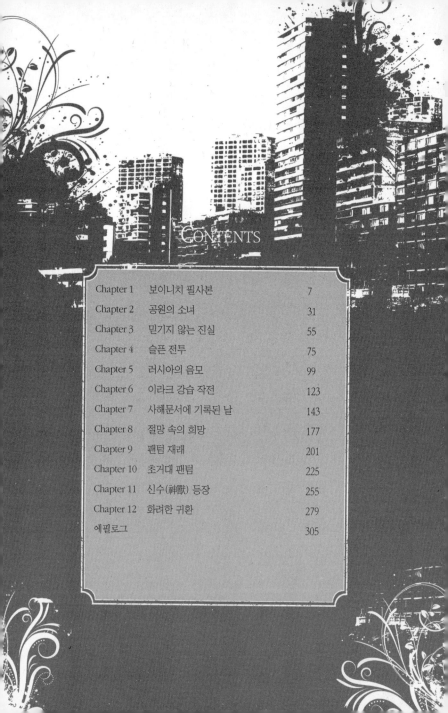

CONTENTS

Chapter 1   보이니치 필사본   7

Chapter 2   공원의 소녀   31

Chapter 3   믿기지 않는 진실   55

Chapter 4   슬픈 전투   75

Chapter 5   러시아의 음모   99

Chapter 6   이라크 강습 작전   123

Chapter 7   사해문서에 기록된 날   143

Chapter 8   절망 속의 희망   177

Chapter 9   팬텀 재래   201

Chapter 10   초거대 팬텀   225

Chapter 11   신수(神獸) 등장   255

Chapter 12   화려한 귀환   279

에필로그   305

제 1 장
보이니치 필사본

"……."

좌중은 침묵에 휩싸여 있었다.

그만큼 리처드의 말이 가져온 파장은 컸다.

"차원 이동이 가능한 게이트라니……."

가장 먼저 정신을 차린 현성이 조용히 중얼거렸다.

그리고 뒤이어 서진철 관장도 리처드를 바라보며 입을 열었다.

"대체 이런 물건이 어째서 이라크에……?"

"약 10년 전에 저희 미국 연구팀이 보이니치 필사본을 연구한 적이 있습니다."

"잠시만요."

그때 현성이 리처드의 말을 중간에서 잘랐다.

"보이니치 필사본이라는 게 무엇입니까?"

현성은 궁금한 표정으로 리처드에게 질문했다.

조금 전, 디멘션 게이트에 대해 설명할 때도 리처드는 보이니치 필사본이라는 문서에 대해 언급했다.

하지만 보이니치 필사본이 무엇인지 아직 현성은 모르고 있었다.

"그렇군요. 우선 보이니치 필사본에 대한 이야기를 했어야 했는데 죄송합니다."

리처드가 사과하며 고개를 숙였다.

그리고 다시 현성과 서진철 관장을 바라보며 설명하기 시작했다.

"보이니치 필사본은 현재로부터 약 100여 년 전, 1912년 윌프레드 M. 보이니치라는 미국인이 입수한 문서입니다. 약 200여 쪽에 달하는 책으로 구성된 문서는 다양한 정보들이 기록되어 있었습니다."

보이니치 필사본이 가지고 있는 미스터리들.

입수했을 당시, 보이니치 필사본은 적어도 500년 전에 이미 누군가가 필사한 문서였다.

"그리고 보이니치 필사본에 기록된 언어들은 현대의 언어학자들도 풀지 못했습니다. 다만 알아낸 사실은 지구상의 그 어떤 언어보다 고차원적인 문장을 이루고 있다는 사실뿐이었 지요."

"그렇습니까?"

서진철 관장과 현성은 리처드로부터 대략적인 보이니치 필사본에 대한 설명을 이야기 들었다.

"그럼 어떻게 해서 보이니치 필사본을 토대로 디멘션 게이트를 알게 된 것입니까?"

"약 10년 전에 제임스 교수가 이끄는 보이니치 필사본 연구팀이 언어 해독에 성공했습니다. 물론 극히 일부였을 뿐입니다. 하지만 해독한 내용을 토대로 이라크의 사막 지하에 무언가가 묻혀 있다는 사실을 알아낼 수 있었지요."

"그게 그럼 방금 사진에서 본······?"

"예. 바로 디멘션 게이트입니다."

리처드는 고개를 끄덕이며 긍정했다.

그리고 이내 심각한 표정을 지으며 재차 말을 이었다.

"제임스 교수의 연구팀은 보이니치 필사본을 토대로 조사를 떠났습니다. 그리고 이라크에서 디멘션 게이트를 찾아냈지요. 하지만······."

순간 리처드의 표정이 어두워졌다.

"그들은 두 번 다시 미국 땅을 밟을 수 없었습니다."

"무슨 일이 있었습니까?"

리처드의 말에 현성은 조심스러운 목소리로 물었다.

"디멘션 게이트를 발견했다는 통신을 끝으로 총소리가 들리더니 더 이상 연락이 없더군요. 백방으로 그들을 추적했지만 어디에도 그들을 찾을 수 없었습니다. 물론, 디멘션 게이트도요."

"그런 일이……."

현성은 기가 막힌다는 표정을 지었다.

10년 전에 이미 미국은 차원 이동을 할 수 있는 게이트를 발견했다는 소리가 아닌가?

'가만, 지금부터 약 10년 전이라면……'

리처드의 말을 들은 현성은 생각에 잠겼다.

현재로부터 약 10년 전 쯤에 무슨 일이 있었던가?

'미국의 이라크 침공!'

현성은 리처드를 바라봤다.

제임스 교수라는 인물이 이끄는 조사팀이 디멘션 게이트를 발견한 시기와, 미군이 이라크를 침공한 시기가 묘하게 맞물렸다.

약 10년 전, 미국은 이라크를 3대 악의 축이라고 명명하고, 대량살상무기를 제거한다는 명분하에 이라크를 침공했다.

하지만 미국이 이라크를 침공한 이유가 디멘션 게이트였다면?

현성은 리처드의 얼굴을 살피여 입을 열었다.

"10년 전에 그런 큰일이 있었을 줄은 몰랐군요. 차원이 이동이 가능한 게이트라니… 세계 각국에서 정말 가지고 싶어 하는 물건이 아닐 수 없겠네요."

"그렇겠지요. 디멘션 게이트의 가치는 무궁무진하니까요. 아마 전쟁을 불사하더라도 가지고 싶어 하는 국가가 있을지도 모르지요."

리처드는 의미심장한 미소를 입가에 그렸다.

그리고 그런 그의 모습에서 현성은 미국이 이라크에 무력 개입을 한 이유가 대량 살상 무기를 제거하기 위함이 아니라, 디멘션 게이트 때문이었다고 생각했다.

'리처드라고 했던가? 보기보다 위험한 인물일지도.'

리처드와 이야기하며 미소를 짓던 현성은 경계심을 가졌다.

현성과 처음 만난 리처드는 굉장히 호의적인 태도였지만, 그래도 역시 미국의 인간이었다.

자국의 이익을 위해서라면, 지금은 호의적인 태도를 보이고 있어도 나중에는 어떻게 나올지 알 수 없었다.

"그럼, 그 후에 디멘션 게이트의 소재는 어떻게 되었습니까?"

현성은 화제를 전환했다.

10년 전 미국은 이라크에 전쟁을 걸면서까지 디멘션 게이트를 찾기 위해 혈안이 되어 있었다.

그때 미국은 디멘션 게이트의 소재를 알아낼 수 있었을까?

"유감스럽지만 알아낼 수 없었습니다. 디멘션 게이트를 찾기 위해 온갖 수단을 강구하고 찾았지만, 10년 동안 종적도 발견하지 못했지요."

"그런데 지금 10년이 지난 지금에서야 디멘션 게이트를 발견했다는 말입니까?"

"네. 그 말대로입니다. 정찰드론으로 이라크를 감시하다가 우연히 찾게 되었지요."

"흠."

리처드의 말에서 현성은 석연치 않은 점을 느꼈다.

분명 10년간 미국은 필사적으로 디멘션 게이트를 찾으려고 했을 것이다.

그런데 그것이 10년이 지난 지금 우연히 발견되었다?

선뜻 믿기지 않는 말이었다.

그리고 애당초 미국은 왜 정찰드론으로 이라크를 감시하고 있었을까?

거기다…….

"사진 속에서 디멘션 게이트를 옮기고 있는 자들은 누구입니까?"

"그것이… 아무래도 이라크 정부군인 것 같습니다."

"이라크 정부군이라고요?"

리처드의 말에 현성과 서진철 관장은 놀란 표정을 지었다.

리처드 말대로라면 지난 10년간 디멘션 게이트를 탈취하고 숨기고 있던 존재가 이라크 정부라는 사실이었기 때문이다.

"그리고 이라크의 뒤에는 러시아가 있습니다."

그렇게 말한 리처드는 의미심장한 미소를 지으며, 겉으로는 아무렇지도 않은 척 현성과 서진철 관장을 조심스럽게 살펴봤다.

"흠. 러시아라⋯⋯."

하지만 서진철 관장과 현성은 그저 순수하게 러시아가 디멘션 게이트와 연관이 있다는 사실에 놀라고 있었다.

사실상 차원 이동이 가능한 디멘션 게이트를 연구하고 있는 국가는 러시아라는 소리였기 때문이다.

어디 그뿐인가?

최근 한국은 러시아와 관련하여 사건을 겪었다.

부산 총기 사건과 터널 폭파 습격 사건까지.

'대체 러시아는 무엇을 노리고 있는 거지?'

서진철 관장과 현성은 머릿속이 복잡했다.

디멘션 게이트와 한국에서 있었던 사건들이 무슨 관계가 있는 것인지는 모르겠지만, 한 가지 분명한 것은 그 중심에 러시아가 있다는 사실이었다.

'흐음. 역시 모르고 있었나?'

그리고 그러한 현성과 서진철 관장의 반응에 리처드는 속으로 갸웃거렸다.

눈앞에 있는 서진철 관장과 현성은 디멘션 게이트는커녕 보이니치 필사본에 대해서도 모르고 있는 눈치였다.

그렇다면 어째서 그녀는 현성을…….

'아니야. 어쩌면 연기하고 있는 것일지도 모르지.'

그렇게 생각한 리처드는 현성의 얼굴을 가만히 주시하며 입을 열었다.

"혹시 나타샤 스베틀라나 스미르노바라는 인물을 알고 있습니까?"

"아니요."

현성은 바로 대답했다.

고민을 한다거나, 생각을 한다거나 하는 잠깐의 틈도 보이지 않고 한 치의 망설임도 없이 바로 즉답을 한 것이다.

'정말 모르는 건가?'

리처드의 눈빛이 복잡해졌다.

지금 현성의 반응은 정말 모른다고밖에 생각할 수 없었다.

"그 인물은 누구입니까?"

이번에는 현성이 질문하기 시작했다.

"제가 실례를 했군요. 다름이 아니라 DIA에서 미스터 김에게 부탁이 있습니다."

"저한테 부탁이요?"

현성은 놀란 표정을 지었다.

미국 DIA에서 자신에게 부탁이 있다니?

대체 무엇을 부탁하려는 것일까?

"어느 인물을 경호해 주었으면 합니다."

"어느 인물?"

"예. 디멘션 게이트와 밀접한 관계의 인물입니다."

'흠.'

리처드 말에 현성은 재빠르게 머리를 굴렸다.

디멘션 게이트와 밀접한 관계에 있는 인물의 경호.

"그 인물이 아까 말한 나타샤 스베틀라나 스미르노바인가 보군요."

"예. 당신에게 경호를 의뢰한 러시아인이죠."

리처드는 쓴웃음을 지으며 대답했다.

"과연······."

현성은 고개를 끄덕였다.

자신이 경호해야 할 인물이 누구인지 대충 감을 잡은 것이다. 그리고 지난 10년간 종적을 찾을 수 없었던 디멘션 게이트가 어떻게 해서 다시 모습을 드러내었는지도 알 수 있었다.

"그 러시아인이 미국에 보호를 요청했겠군요. 디멘션 게이트에 대한 정보를 담보로."

"예."

리처드는 미소를 지으며 고개를 끄덕였다.

그는 돌려 말하는 것도 없고, 장황하게 설명하는 것 없이 단답형으로 간결하게 대답했다.

그것만으로도 서진철 관장과 현성은 중요한 정보를 전부 알아 낼 수 있었다.

어찌 보면 허무할 정도였지만, 그만큼 리처드는 정보를 숨기려는 기색이 없었다.

그 점이 현성은 마음에 들었다.

괜히 복잡하게 일을 빙빙 돌아가며 할 필요가 없었으니까.

하지만…….

'디멘션 게이트 하나만 놓고 봐도 미국 정보국 내에서 톱 시크릿에 들어갈 테지. 그걸 이야기한 시점에서 부탁을 들어주지 않겠다고 한다면…….'

미국에서 어떻게 나올지 과연 누가 알 수 있을까?

"그녀의 경호 의뢰를 받아주시겠습니까?"

리처드가 대답을 재촉해 온다.

그의 말에 현성은 리처드가 모르게 살짝 서진철 관장과 눈빛을 주고받았다.

'……'

서진철 관장은 승낙하라는 눈빛을 보냈다.

서진철 관장의 입장에서는 DIA의 부탁을 거부할 수 없었다.

왜냐하면 미국 정부 뒤에는 마법 협회의 본부가 있으니까.

그리고 그 사실을 현성도 어렴풋이나마 눈치채고 있었다.

"받아들이도록 하지요."

"잘 생각하셨습니다. 미스터 김이 도와주신다니 저희도 한시름 놓이는군요. 경호 의뢰자가 미스터 김이 아니면 안 된다고 고집을 피워서 난처했었거든요."

아닌 게 아니라 정말 리처드의 표정은 한층 밝아져 있었다.

하지만 현성은 그렇지 못했다.

방금 전 리처드의 말이 신경 쓰였기 때문이다.

"그게 무슨 말입니까? 의뢰자가 제가 아니면 안 된다니요?"

현성은 의아한 표정을 지었다.

자신은 러시아와 연관이 없었다.

그리고 방금 리처드가 말한 나타샤 스베틀라나 스미르노바라는 인물에 대해서도 몰랐다.

"정말 그녀에 대해 모르시는군요."

"모릅니다. 오늘 처음 들었습니다."

"그렇군요. 허참, 그럼 저도 알 수가 없네요. 어째서 그녀가 미스터 김을 경호원으로 쓰려고 하는지. 뭐, 물론 미스터 김의 실력을 의심하는 건 아닙니다. 혼자서 일본 지부를 괴멸시킬 정도로 강한 마법사이지 않습니까. 다만……."

"다만?"

"그녀는 미스터 김이 일본 지부를 괴멸시켰다는 사실을 모르고 있습니다. 그런데 어떻게 미스터 김에 대해 알고 있는 것일까요? 미스터 김은 그녀에 대해 모르는데 말입니다."

"그럼 직접 물어보면 되지 않습니까?"

현성의 말에 리처드는 난처한 표정을 지었다.

"그게… 미스터 김을 만나지 않으면 아무것도 이야기해 주지 않겠다고 엄포를 놓고 있어서… 하하핫."

리처드는 어색한 웃음을 지었다.

물론 자백제나 고문 등으로 디멘션 게이트에 대한 정보를 토해내게 만들 수 있었다.

하지만 디멘션 게이트에 대한 정보는 심문실에서 알아낼 수 있을 만큼 간단한 일이 아니었다.

지난 10년간 디멘션 게이트를 조사하면서 그녀가 알아낸 정보는 분명 어마어마할 터.

나타샤의 전면적인 협조가 필요하다고 DIA는 판단했다.

"그래서 현재 그녀는 한국으로 오기 위해 준비 중입니다. 내일 오후쯤이면 도착할 예정이지요."

"흠……."

현성은 잠시 생각에 잠겼다.

사실 현성은 흥미가 동하고 있었다.

차원 이동이 가능한 디멘션 게이트와 자신에 대해 알고 있는 러시아 여인.

'미국과 관계가 틀어져 봤자 좋을 것도 없을 테고…….'

현재 마법 협회 한국 지부와 대한민국 정부는 미국과 동맹 관계다. 그리고 미국은 명실상부한 세계 초강대국이기도 하다.

　괜히 그들과 사이가 틀어질 경우 골치가 아파질 수도 있었다. 또한 러시아의 움직임도 신경 쓰였다.

　여기서는 일단 미국과 손을 잡는 게 낫다고 현성은 생각했다. 그리고…….

　"좋습니다. 받아들이도록 하지요."

　"정말입니까?"

　현성의 말에 리처드는 반색한 표정으로 반겼다.

　"단, 조건이 하나 있습니다."

　"조건이요?"

　"디멘션 게이트의 정보 공유. 어떻습니까?"

　그 말에 리처드의 눈빛이 날카로워졌다.

　"이거이거, 역시 미스터 김이군요."

　리처드는 씩 미소를 지었다.

　한국 지부에서 이렇게 나올 거라고 이미 예상하고 있었다.

　디멘션 게이트에 대해 누구나 다 알고 싶어 하니까.

　"알겠습니다. 고려해 보도록 하지요."

　리처드의 대답에 현성의 눈썹이 꿈틀거렸다.

　"고려가 아니라 확답해 주셨으면 좋겠군요."

　"하하하."

　순간 리처드가 한차례 웃음을 터트렸다.

　그리고 현성을 뚫어져라 바라보며 입을 열었다.

"철두철미하시군요."

"그러니 일본 지부를 괴멸시킬 수 있었던 것 아니겠습니까?"

현성은 웃으며 말했다.

하지만 미소와는 다르게 내포된 의미가 많은 말이었다.

그리고 조금 전 리처드가 고려해 보겠다는 말은 나중에 정보를 넘겨주지 않을 가능성을 내포하고 있었다.

애초에 정보를 넘겨주겠다가 아니라 고려, 즉 생각해 보겠다고 두루뭉술하게 말한 것이다.

그런 얄팍한 수에 넘어갈 현성이 아니었다.

"알겠습니다. 정보를 공유하도록 하지요."

결국 리처드가 한 걸음 물러서며 현성의 요구를 수락했다.

DIA로서는 어떻게 해서든 나타샤의 자발적인 협력이 필요했다. 그러는 편이 디멘션 게이트의 정보를 보다 확실하게 손에 넣을 수 있을 테니까.

'한국 지부에 정보를 넘겨주는 건 어차피 나중의 일. 디멘션 게이트에 대한 정보를 우리가 먼저 알아내면 된다. 정보를 넘겨주는 건 그때 가서 생각해도 늦진 않을 테지. 경우에 따라선 넘겨주지 않아도 될 테고 말이야.'

리처드는 대답과는 다르게 딴 생각을 품으며 미소를 지었다.

"그럼 내일 오후 나타샤 스베틀라나 스미르노바 양이 올

겁니다. 마리사 그란델 대령님을 호위로 붙였으니 크게 걱정할 일은 없을 겁니다."

"아, 그 누님……."

리처드의 말에 현성은 환상의 섬에서 만난 여인을 떠올리며 침음을 삼켰다.

다짜고짜 자신에게 키스를 남기고 떠나간 그 금발누님을 어떻게 잊을 수 있겠는가?

'골치 아픈 일이 생기지 않았으면 좋겠군.'

현성은 남몰래 한숨을 내쉬었다.

그러자 리처드가 의아한 얼굴로 물었다.

"왜 그러십니까?"

"아니요. 아무것도 아닙니다."

리처드의 말에 현성은 고개를 흔들며 대답했다.

그렇게 DIA의 경호 의뢰를 수락한 현성은 관장실에서 리처드와 이야기를 계속 나누었다.

*   *   *

다음날 오전.

오늘은 일요일이다.

현성은 머리도 정리할 겸 가볍게 산책을 나왔다.

집 근처에 있는 공원에 가기로 한 것이다.

"왈왈!"

"신났구나, 라이코스."

현성은 눈밭 위의 강아지처럼 이리저리 뛰어다니는 라이코스를 바라보며 피식 웃음을 흘렸다.

저런 모습을 보면 영락없는 귀여운 강아지다.

하지만 실체는 마법 협회 한국 지부에서 팬텀에 대항하기 위해 만들어낸 생체 병기, 울프독 프로젝트(WolfDog Project)의 마지막 남은 전투견이다.

'현아와 지내면서 많이 부드러워졌어.'

환상의 섬 비밀 연구소에서 현성이 라이코스를 거두었을 때는 사실 걱정이 앞섰었다.

과연 라이코스가 일반 사람들 속에서 적응할 수 있을지 알 수 없었으니까.

그 때문에 처음에는 현성이 라이코스를 지속적으로 감시하듯 지켜봤었지만 얼마 지나지 않아 자신의 걱정이 기우였음을 알 수 있었다.

생체 병기 프로젝트에서 살아남은 강아지답게 전투 능력뿐만이 아니라 지능도 높았다.

그리고 이상하게 현아를 매우 잘 따랐다.

그 모습을 본 현성은 라이코스를 현아에게 맡겼다.

생각해 보면 라이코스도 알고 있었을 것이다.

현성이 자신을 구해주고, 살 곳까지 마련해 주었다는 사실을.

또한 라이코스는 견공이라고까지 불리는 시베리안 허스키다.

은혜를 알기에 현아를 비롯해서 부모님을 잘 따르는 것이리라.

'이렇게 키우면 되겠지?'

현성은 라이코스의 어미를 떠올렸다.

자신의 몸을 던져서 현성을 구한 울프독 프로젝트의 성공작이었던 라이코스의 어미개.

그 시베리안 허스키는 시리도록 차가운 푸른 눈으로 마지막 순간, 현성에게 뜨거운 눈빛을 보냈다.

자신의 자식인 라이코스를 잘 부탁한다고.

'빚을 갚는 거다.'

현성은 가족들을 잘 따르고 별 탈 없이 무사히 성장하고 있는 라이코스를 흐뭇한 표정으로 바라봤다.

"헥헥헥!"

"아니, 이놈의 개새끼가!"

하지만 흐뭇한 표정으로 라이코스를 보고 있는 것도 잠시, 라이코스는 발정이라도 났는지 갑자기 현성의 다리를 붙잡고 민망한 행위를 하기 시작했다.

"야! 안 떨어져? 진짜 된장을 발라야 되겠구만?"

아무리 지능이 높다고는 해도 동물로서의 본능은 이기지

못하나보다.

현성은 라이코스의 목줄을 잡아당기며 다리에서 떼어놓으려고 안간힘을 썼다.

그렇게 현성은 라이코스와 티격태격하며 산책 코스의 종착지인 공원에 도착했다.

"지치는군."

공원에 도착한 현성은 바로 벤치에 가서 축 늘어졌다.

라이코스랑 한바탕하느라 진을 다 빠진 것이다.

"헥헥."

라이코스도 공원에 도착하자마자 바닥에 벌렁 드러눕더니 가쁘게 숨을 몰아쉬었다.

"망할 녀석."

한차례 쓴웃음을 지은 현성은 벤치에 앉아 공원을 둘러봤다.

공원 내부는 꽤 넓었다.

중앙에는 분수대가 있었지만 늦겨울에 봄으로 넘어가는 시기라 물은 없었다.

그리고 주말인 탓에 공원 내에는 꽤 많은 사람이 나들이를 나와 있었으며, 이곳저곳에 공원 노점상이 보였다.

"꾸익! 깽!"

그때, 현성의 옆에서 이상야릇한 라이코스의 신음 소리가 들렸다. 현성은 이상한 소리를 내고 있는 라이코스에게 주의를 주기 위해 고개를 돌렸다.

"……?"

고개를 돌린 그곳에는 여전히 라이코스가 배를 드러내고 바닥에 누워 있었다.

하지만 그곳에는 라이코스만 있는 게 아니었다.

나이는 이제 열 살은 넘었을까?

허리까지 내려오는 긴 은색 머리카락과 호수처럼 빛나는 푸른 눈동자를 가진 외국인 소녀가 라이코스 옆에 쪼그리고 앉아 있었던 것이다.

"끼잉! 깽! 낑!"

소녀는 가느다란 손가락으로 라이코스의 배를 콕콕 쑤시고 있었다.

그럴 때마다 라이코스는 이상한 신음 소리를 내며 몸을 배배 꼬았다.

하지만 싫지는 않은지 소녀가 계속 배를 눌러주기를 기다리는 듯 공원 바닥에 드러누운 채 헥헥거렸다.

"……."

현성은 말없이 개목걸이를 잡아당겼다.

그러자 라이코스가 현성이 있는 쪽으로 끌려왔다.

질질질.

"아, 앗."

라이코스가 움직이자 소녀도 아쉬운 표정을 지으며 딸려

왔다.

"뭐하니?"

"안녕하세요?"

현성의 말에 소녀는 고개를 들며 인사를 건넸다.

그다지 유창하지는 않지만.

"한국말을 할 줄 아네?"

"네."

"장하구나."

이렇게 어린 나이에, 게다가 외국인이면서 한국어를 할 줄 아는 소녀의 모습에 현성은 기특하다는 듯 머리를 쓰다듬어 주었다.

"앗! 우웅."

소녀는 현성의 행동에 처음에는 화들짝 놀라며 살짝 뒤로 물러섰다. 하지만 이내 두 눈을 감고 고양이처럼 나른한 표정을 지었다.

'귀엽네.'

그 모습을 현성은 흐뭇한 표정으로 바라봤다.

아직 나이는 어리지만 크면 서유나 못지않은 훌륭한 미녀가 될 것 같았다.

"이 아이 이름이 뭐예요?"

현성이 머리에서 손을 떼자 소녀는 다시 눈을 뜨고 라이코스를 바라보며 질문했다.

반짝반짝 빛나는 눈이 라이코스에게서 떨어지질 않는다.

라이코스에게 완전 꽂힌 모양이었다.

"라이코스라고 해."

"라이코스……."

소녀는 라이코스의 이름을 잊지 않으려는 몇 번이나 반복하면서 중얼거렸다.

"같이 놀아볼래?"

"……!"

현성의 말에 소녀가 고개를 번쩍 치켜들었다.

소녀는 눈에서 레이저라도 쏠 것 같은 빛을 내뿜으며 현성을 바라봤다.

그 기세에 눌린 현성은 피식 웃으며 라이코스의 목줄을 소녀에게 넘겼다.

"자."

"오오……."

소녀는 무슨 전설의 무기를 득템한 것 같은 표정으로 라이코스의 목줄을 바라봤다.

"끼잉?"

그리고 그런 소녀의 모습에 라이코스는 불안한 표정을 지었다.

"다녀오겠습니다!"

소녀는 다짜고짜 목줄을 잡더니 다다다거리며 공원 내부

를 향해 뛰었다.

"켁! 깨갱!"

라이코스의 불안은 현실이 되었다.

갑작스럽게 목줄이 죄여오자 라이코스는 단말마와 같은
비명을 지르며 질질 끌려갔다.

'고생 좀 해봐라.'

그 모습을 바라보며 현성은 사악한 미소를 라이코스에게
날려주었다.

라이코스는 소녀의 손에 이끌려 공원을 다섯 바퀴나 돌고
난 끝에서야 해방될 수 있었다.

제 2 장
공원의 소녀

외국인 소녀와 라이코스가 신 나게 공원을 질주하고 있을 무렵, 현성은 공원 노점상에서 팔고 있는 닭강정을 사고 있었다.

매운맛과 달달한 맛 두 개를 산 현성은 다시 벤치로 돌아왔다. 그리고 벤치에 등을 기댄 현성은 매운맛 닭강정을 맛보며 외국인 소녀와 라이코스를 바라봤다.

그 둘은 공원 내에서 이리저리 뛰어놀다가 이내 지쳤는지 현성이 있는 벤치로 돌아오고 있는 중이었다.

"잘 놀았어?"

"예!"

현성의 말에 소녀는 힘차게 대답했다.

소녀는 라이코스가 굉장히 마음에 든 모양인지 머리를 계속 쓰다듬어 주고 있었다.

"먹을래?"

현성은 달달한 맛 닭강정이 들어 있는 종이컵을 소녀에게 내밀었다.

"이게 뭔가요?"

"이게 바로 치느님이라고 하는 거란다."

"치느님?"

소녀는 의아한 표정을 지어보였다.

그리고 현성이 앉아 있는 벤치 옆자리에 걸터앉고 닭강정이 든 종이컵을 받아들었다.

"……."

소녀는 종이컵 속의 닭강정과 사투를 벌였다.

종이컵에 있는 이쑤시개로 닭강정을 찔러보려고 했지만 생각보다 잘되지 않았던 것이다.

대체 어떻게 해야 이쑤시개로 닭강정을 찌르는 게 제대로 안되는지 알 수 없었지만, 어쨌든 한참의 사투 끝에 소녀는 닭강정에 이쑤시개를 찔러 넣을 수 있었다.

"앙……."

소녀는 느릿느릿 닭강정을 입으로 가져갔다.

덥석! 우적우적.

"……."

소녀는 멍한 표정을 지었다.

자신의 입으로 느릿느릿 다가오던 닭강정이 바로 눈앞에서 사라졌던 것이다.

그리고 닭강정 대신 라이코스의 귀여운 얼굴이 소녀의 눈앞을 가득 채우고 있었다.

"앙……."

여러 번의 사투 끝에 다시 소녀는 다시 닭강정을 느릿느릿 입으로 가져갔다.

덥석! 우적우적.

"아……."

이번에도 라이코스가 소녀의 닭강정을 중간에서 가로챘다.

펫!

닭강정을 몇 번 우적거리며 씹던 라이코스는 껍데기를 옆으로 뱉어냈다.

그리고 꼬리를 살랑살랑 흔들며 소녀를 올려다봤다.

라이코스는 언제든지 소녀의 치느님을 인터셉트할 기세로 도전적인 눈빛을 보냈다.

그런 라이코스의 모습을 멍하니 바라보는 소녀.

소녀는 황망한 눈으로 고개를 옆으로 돌려 현성을 바라보며 말했다.

"오빠. 치느님이 절 싫어하나 봐요. 저한테 안 오고 자꾸 라이코스한테만 가요."

"그게 아니잖아!"

소녀의 말에 현성은 자기도 모르게 고함을 쳤다.

그리고 소녀를 바라보며 입을 열었다.

"이리 줘 봐."

현성은 소녀가 들고 있던 종이컵을 뺏어 들었다.

"아, 내 치느님……"

손에서 떠나가는 종이컵을 소녀는 아쉬운 눈으로 바라봤다.

"안 뺏어 먹거든?"

그 모습에 현성은 한숨을 내쉬며 말했다. 그리고 닭강정을 소녀의 입에다 쏙 집어넣어 주었다.

"오오……!"

입 안 가득 퍼져나가는 달달한 치느님의 맛!

처음 느껴보는 감동적인 맛에 소녀는 연신 감탄사를 흘렸다.

소녀는 반짝반짝 빛나는 눈으로 현성을 바라봤다.

"하나 더 주세요."

소녀는 현성에게 보채듯 말하며 입을 벌렸다.

"앙……"

살짝 얼굴을 붉힌 귀여운 표정으로 치느님을 달라고 재촉하는 소녀.

"크아앙……."

그 옆에서 라이코스도 치느님을 달라고 소녀보다 더 크게 입을 벌리고 있었다.

"……."

잠시 한숨을 내쉰 현성은 닭강정을 소녀의 입에 넣어주었다.

"으음!"

소녀는 행복한 비명을 지르며 치느님의 맛을 음미했다.

"크와아아앙!"

그러자 라이코스가 자기도 달라고 입을 더욱 더 크게 벌렸다.

"그래, 너도 먹고 싶겠지."

현성은 라이코스의 심정을 이해했다.

라이코스는 시베리안 허스키.

치느님이라면 사족을 쓰지 못하고 좋아한다.

현성은 자신이 먹던 매운맛 닭강정을 라이코스의 입속에 던져 넣어주었다.

"캥! 깨갱!"

순간 라이코스가 갑자기 펄쩍펄쩍 뛰는 게 아닌가?

사실 현성이 먹고 있던 닭강정은 매운맛 중에서도 초 매운 맛이었다.

입에서 불이 날 것 같은 그런 매운 맛을 현성은 아무렇지도 않게 먹고 있었던 것이다.

　그것도 모르고 좋다고 매운맛 치느님을 먹은 라이코스는 조금 전 소녀와 놀 때와는 비교도 안 되는 미칠 듯한 속도로 공원을 질주했다.

　"저렇게 난리칠 만큼 맛있나?"

　현성은 고공 점프를 해가며 공원을 질주하는 라이코스를 바라보며 자신의 매운맛 닭강정을 계속 입 속에 집어넣었다.

　그러면서 소녀에게 달달한 닭강정을 직접 계속 먹여주었다.

　"헤헤. 고마워요, 오빠."

　소녀는 미소를 지었다.

　"오늘만큼 즐거웠던 적은 처음인 거 같아요."

　"그, 그러니?"

　소녀의 말에 현성은 살짝 놀랐다.

　고작해야 라이코스와 놀아주고, 닭강정을 사서 먹여줬을 뿐이었다.

　겨우 그 정도밖에 해준 게 없는데 처음으로 즐거웠다니?

　'무슨 어려운 일에 처해 있는 건가?'

　현성은 소녀의 머리를 쓰다듬으며 바라봤다.

　반짝거리는 눈빛과 깨끗한 옷차림으로 보면 빈곤하다 싶

은 모습은 아니었다.

"헤헤."

소녀는 배부른 고양이처럼 현성의 손길에 몸을 맡기고 나른한 표정을 짓고 있었다.

그렇게 현성은 몇 번 소녀의 머리를 쓰다듬어 준 후, 스마트폰으로 시간을 확인했다.

'벌써 시간이 이렇게 되었나?'

생각보다 공원에서 시간을 더 보내 버린 현성은 자리에서 일어났다.

지금 시간은 정오에 가까웠다.

집에 가서 점심을 먹어야 할 시간이다.

늦게 가면 분명 현아가 한소리 하리라.

'그리고 저녁에는 경호 대상자가 입국하기로 했으니.'

현성은 슬슬 집으로 돌아갈 생각이었다.

"그럼 이제 너도 집에 가야지. 부모님 걱정하시겠다."

순간 소녀의 표정이 어두워졌다.

하지만 그것도 잠깐,

"네."

소녀는 이내 밝은 표정으로 현성을 올려다보며 귀엽게 대답했다.

'복잡한 가정사라도 있나.'

석연치 않은 소녀의 태도에 현성은 고개를 갸웃거렸다.

'그래도 혹시 모르니.'

그냥 지나쳐도 이상하지는 않았지만, 왠지 모르게 소녀에 대해 신경이 쓰였다.

어쩌면 일본에서 만났던 설탕 소녀 사토미와 비슷한 연령대였기 때문일지도 몰랐다.

현성은 소녀에 대해 조금 더 알아보기로 결정했다.

"꼬마야. 이름이 뭐니?"

"유리예요. 오빠는요?"

"김현성이야. 혹시 폰 가지고 있니?"

"네, 있는데요."

"번호 몇 번이야?"

현성은 자연스럽게 소녀, 아니 유리의 번호를 물어봤다. 현성의 입장에서는 여차했을 때 유리에게 도움이라도 줄 생각에 번호를 물은 것이다.

"설마 헌팅!"

"엉?"

유리의 말에 현성은 멍한 표정을 지었다.

헌팅이라니!

"현성 오빠, 지금 제 번호 따는 거 맞지요?"

유리는 배시시 웃으며 현성을 바라봤다.

"헐……."

그 말에 현성은 온몸에서 힘이 쭉 빠져나가는 느낌이었다.

현성의 정신 연령은 80세.

비록 고등학생 때의 몸으로 되돌아와 육체 나이다운 행동을 종종 보이기도 했지만, 실제 정신적인 연령은 80세를 조금 넘는다.

그런데 손녀보다도 훨씬 어린, 이제 열한두 살 정도 되어 보이는 소녀의 번호를 자신이 따고 있단 말인가!

"푸푸풋. 제 번호를 그렇게 알고 싶으시면 알려드릴게요."

유리는 모든 걸 다 불태운 그로기 상태의 복서와 같은 표정인 현성으로부터 스마트폰을 빼앗았다.

그리고 능숙하게 스마트폰을 조작하며 자신의 번호를 입력했다.

위이이잉.

번호 입력을 마친 유리는 현성의 폰으로 자신의 폰에 전화를 걸었다.

그래야 현성의 번호가 그녀의 폰에 남겨지니 말이다.

"오빠 번호 얻었다. 헤헤."

뜻하지 않게 현성 쪽에서 번호를 알려달라고 했기에 유리는 기분이 매우 좋았다.

위이이잉.

바로 그때, 유리의 폰이 진동을 했다.

누군가에게서 문자가 날아 온 것이다.

스마트폰을 확인한 유리는 표정을 굳혔다.

"그럼 오빠, 전 이만 가볼게요. 다음에 꼭 봐요."

유리는 무슨 다급한 일이 생긴 것처럼 현성에게 손을 흔들더니 이내 공원 밖으로 나갔다.

현성은 멀어져 가는 유리의 뒷모습을 보면서 한숨을 내쉬었다.

"우리도 그만 가볼까?"

"왈!"

현성은 라이코스의 목줄을 잡고 집으로 향하기 시작했다.

탁탁탁!

스마트폰을 꼭 쥐고 달리고 있는 은빛 머리의 소녀.

유리는 현성이 보이지 않자 걸음을 늦추고 주변을 살폈다.

으슥한 골목길에는 아무도 없었다.

그곳에서 유리는 스마트폰에 온 문자를 확인했다.

─타깃의 소재 확인. 오늘 저녁 인천국제공항에 입국 예정. 주어진 미션을 수행할 것.

유리의 스마트폰에 온 문자는 다름 아닌 미션 수행 명령이었다.

*　　*　　*

그날 늦은 오후.

해가 뉘엿뉘엿 저물어가는 시간에 현성은 이 대리의 차를 타고 인천국제공항으로 향하고 있었다.

차 안에는 리처드와 서유나도 있었으며, 이 대리의 차 말고도 호위 목적으로 마법 협회 한국 지부에서 파견한 마법사들이 탄 차가 뒤에서 따라오는 중이었다.

한국 지부에서 파견한 마법사들은 다름 아닌 블러드엣지라는 이명을 가졌지만 로리콘엣찌로 더 유명한 이진혁과 그의 여동생 이진영 남매였다.

또한, 빡빡머리에 모래 마법이 특기인 신강현도 있었다.

거기에 마리사 대령이 이끄는 기계화 부대도 있을 테니, 일개 개인을 경호하는 것 치고는 매우 호사스럽다고 할 수 있을 것이다.

'흠. 그녀는 어떻게 나를 알고 지명까지 한 걸까?

현성이 일본 지부를 괴멸시킨 마법사라는 사실을 알고 있다면 또 모른다.

하지만 리처드의 말에 의하면 나타샤는 현성이 일본 지부를 괴멸시켰다는 사실을 모르고 있었다.

그녀는 단지 마법 협회 한국 지부의 김현성이라는 인물에게 경호를 받아야 한다는 말만 했다고 한다.

김현성이라는 인물을 만나면 모든 걸 이야기해 주겠다는 조건을 걸고 말이다.

현성은 자신을 알고 있는 나타샤라는 인물에 대해 고민하며 묵묵히 차창 밖의 풍경을 바라봤다.

인천국제공항 1층 입국장.

현성 일행은 곧 인천국제공항에 도착할 나타샤를 맞이하기 위해 1층 입국장에서 대기 중이었다.

잠시 후, 검은색 양복을 입은 서너 명의 미국인이 모습을 드러냈다.

그 뒤를 이어 허리까지 내려오는 긴 금발 머리카락과 하얀 피부, 그리고 붉은색 정장을 입은 30대 초반의 아름다운 여인이 나타났다.

눈이 번쩍 뜨일 정도의 미모였지만, 아쉽게도 그녀의 왼쪽 뺨에는 칼자국 같은 상처가 나있었다.

그 덕분에 그녀에게서 위압감이 느껴졌다.

"오는군요."

사방을 경계하며 등장한 그들의 모습에 리처드는 살짝 긴장된 표정으로 말했다.

행여나 이 장소에서 나타샤를 노리고 누군가가 습격해 오지 않을까 걱정되었던 것이다.

"재앙이 일어나지 않기를."

현성은 멀리서 압도적인 존재감을 뿜어내고 있는 붉은 정장 차림의 마리사를 바라보며 작은 목소리로 중얼거렸다.

그 말을 들은 모양인지 리처드가 반문했다.

"무슨 말씀하셨습니까?"

"아니요. 아무것도."

리처드의 물음에 현성은 고개를 흔들었다.

그리고 슬쩍 옆에 서 있던 서유나를 쳐다본 후 살며시 리처드의 등 뒤로 모습을 숨겼다.

얼마 지나지 않아 나타샤를 호위한 마리사와 검은색 양복 차림의 미군 기계화 병사들은 무사히 현성이 있는 장소까지 도착했다.

"오랜만입니다, 마리사 대령님."

리처드는 마리사 일행이 다가오자 손을 내밀며 말했다.

"인사치레는 됐습니다. 그녀는 무사히 데려왔으니 확인하시죠."

마리사는 무뚝뚝하게 대답했다.

그러자 리처드는 무안한 표정으로 내민 손을 거두어들었다.

"응?"

그리고 마리사 대령은 리처드 뒤에 서 있는 인물을 발견했다.

"김현성!"

마리사는 대번에 얼굴을 활짝 펴며 현성을 향해 달려들었다.

"자, 잠깐……."

그녀를 제지하기 위해 현성은 손을 내밀며 뒤로 물러섰다.

뭉클!

"읍!"

하지만 현성의 시도는 아무런 의미가 없었다.

기습적인 마리사의 키스를 막지 못하고 허용해 버렸기 때문이다.

어디 그뿐인가?

그녀를 막기 위해 반사적으로 내민 현성의 손에는 마리사의 풍만한 가슴이 잡혀 있었다.

"으음."

마리사는 오래간만에 만난 현성에게 진한 키스를 퍼부었다.

얼마나 지났을까.

떨어질 것 같지 않았던 마리사가 드디어 현성에게서 떨어졌다.

"오랜만이군."

마리사는 반가운 얼굴로 현성에게 인사를 건넸다.

"……."

현성은 침묵했다.

다짜고짜 키스를 하고 나서 인사를 하다니.

아니, 지금 중요한 일은 그게 아니었다.

현성은 살며시 옆에 서 있는 서유나를 바라봤다.

고오오오오.

어째 그녀에게서 싸늘한 한기가 느껴졌다.

'기, 기분 탓이겠지?'

현성은 싸늘한 표정으로 자신을 노려보는 서유나를 보며 식은땀을 흘렸다.

쩌저적!

"......."

현성은 자신의 생각을 정정할 수밖에 없었다.

서유나의 발밑에 하얀 서리가 결정을 이루며 얼어붙고 있었기 때문이다.

서유나 고유의 마력이 감정적으로 방출되면서 생긴 일이었다.

"무슨 짓이지?"

서유나의 행동에 마리사가 차가운 눈으로 그녀를 노려본다.

마리사의 전신에서 위압감과 팽팽한 기세가 흘러나왔다.

"그러는 당신이야말로 무슨 짓이죠?"

하지만 서유나는 마리사에게 지지 않고 여전히 싸늘한 표정을 짓고 있었다.

그녀들은 서로 비슷한 점이 많았다.

남들과는 다른 압도적인 존재감과, 누구나 한 번쯤은 말을 걸어보고 싶을 정도로 아름다운 미녀이지만 다가가기 힘든 차가운 분위기 등등.

"미리 말하지만 내가 먼저 찜했어."

"유감이지만 제가 당신보다 먼저예요."

"호오? 해보겠다는 소리?"

"못할 것도 없지 않나요."

그녀들은 서릿발 같은 시선을 서로 부딪치며 대화를 나눴다.

'뭐, 뭐라는 거야, 대체? 아니, 그보다 그라운드 제로가 따로 없군.'

현성은 그녀들의 대화를 이해할 수 없었다.

다만, 그녀들 사이에서 휘몰아쳐 나오는 차가운 한기에 다른 일행처럼 현성은 몸을 떨어야 했다.

이곳은 싸늘한 냉기가 터져 나오는 폭심지. 말 그대로 그라운드 제로가 따로 없었으니까.

"지금 뭐하시는 거예요!"

그때 겁 없는 여인의 목소리가 싸늘한 냉기를 뚫고 마리사의 등 뒤에서 들려왔다.

그곳에는 등까지 내려오는 풍성한 갈색 머리카락과 갈색 눈동자, 그리고 무테안경을 쓰고 있는 20대 후반의 미녀가 있었다.

나타샤 스베틀라나 스미르노바.

이번에 현성에게 경호를 의뢰한 당사자이자 디멘션 게이

트에 대해 누구보다 잘 알고 있는 러시아의 천재 과학자였다.

*   *   *

인천국제공항 인근의 빌딩 옥상.

어둠이 내린 그곳에 열한두 살 정도 되어 보이는 은빛 머리카락의 소녀가 서 있다.

유리 안젤리나 미하일로바.

그녀는 어둠 속에서 군용 야간 투시경으로 인천국제공항을 살펴보고 있는 중이었다.

"목표 발견."

초인적인 감각과 야간 투시경을 활용해 타깃을 발견한 유리의 푸른 눈이 붉게 빛났다.

그녀가 가지고 있는 고유 특성.

타깃을 발견한 유리는 빌딩 옥상에서 검은 연기처럼 사라졌다.

*   *   *

인천국제공항 입국장에서 한차례 소동이 있은 후, 현성 일행은 인천역사유물박물관, 즉 마법 협회 한국 지부로 향하고 있었다.

대한민국에서 가장 안전한 장소가 한국 지부라는 판단하에 나타샤를 그곳으로 데려가고 있었던 것이다.

그들이 타고 있는 자동차는 방탄차량이었다.

그리고 리처드가 운전하고 있었으며, 앞좌석에는 서유나가, 뒷좌석에는 각각 나타샤와 현성이 타고 있었다.

"설마 이렇게 나이가 어릴지는 몰랐네요."

나타샤는 믿기지 않는다는 표정으로 옆자리에 앉아 있는 현성을 바라봤다.

이라크의 지하 감옥에서 만난 청년이 꼭 만나라고 했던 인물, 김현성.

그런데 아직 스무 살도 안 된 미성년자였을 줄이야!

"겉모습만 보고 판단하면 안 되지요, 미스 스미르노바. 그는 어리게 보여도 혼자서 마법 협회 일본 지부를 괴멸시킨 마법사이니까요."

"그 말도 믿기지가 않네요."

운전석에 있는 리처드의 말에 나타샤는 떨떠름한 표정을 지었다.

아무리 현성이 대단하다, 대단하다 이야기를 들어도 확 가슴에 와 닿지 않았기 때문이다.

"뭐, 여자에게 인기가 있다는 것 하나만큼은 확실히 알겠지만."

나타샤는 고개를 흔들며 말했다.

인천국제공항 입국장에서 있었던 일들이 떠올랐던 것이다.

한 남자를 둘러싸고 싸늘한 냉기 폭풍을 시전하던 두 명의 여자들.

거기다 한 명은 나타샤가 잘 알고 있는 인물이었다.

이라크의 지하 감옥에서 자신을 구해주고 지금까지 호위를 해주었던 인물이었으니까.

여장부 스타일의 마리사가 어떤 성격인지 나타샤는 잘 알고 있었다.

그런데 그런 마리사가 한국의 어린 소년에게 키스를 날리는 모습을 봤을 때는 정신이 멍해질 수밖에 없었다.

"그 이야기는 이제 그만 좀 해주세요. 많이 힘듭니다."

나타샤의 말에 현성은 쓴웃음과 함께 한숨을 내쉬었다.

"뭐가 힘들다는 거지?"

"……."

순간 앞좌석에서 나직한 말과 함께 싸늘한 한기가 느껴졌다.

"과연……."

서유나의 반응에 나타샤는 잘 알겠다는 듯 고개를 끄덕였다.

"그런데 저에 대해선 알고 있던 게 아니었습니까?"

현성은 궁금해하던 질문을 던졌다.

나타샤는 자신을 지목해서 의뢰를 했다.

하지만 정작 그녀는 자신에 대해 잘 모르고 있는 것 같았다.

그녀가 알고 있는 것은 단 하나.

자신의 이름뿐이었다.

"그건 저도 궁금하군요, 미스 스미르노바. 당신이 알고 있는 사실을 이제 이야기해 주지 않겠습니까?"

운전석에서 작은 미소를 지으며 운전하던 리처드까지 가세했다.

지금 그들이 타고 있는 차량은 방음은 물론 방탄까지 되는 차량이었다.

거기다 뒤에는 마리사를 비롯한 미군 기계화 병사들과 한국 지부 마법사들이 타고 있는 차가 뒤따르고 있었다.

한마디로 안전한 상황이었다.

"좋아요."

리처드 말에 나타샤는 고개를 끄덕였다.

그렇지 않아도 현성을 만나면 자신이 알고 있는 정보를 이야기할 생각이었다.

"제가 김현성 군을 알게 된 건 이라크의 지하 감옥에 있을 때였어요. 그곳에서 금발 청년을 만났죠. 마리사 대령에게 구출되기 직전에요."

"금발 청년이요? 혹시 러시아인?"

"아니요. 그게……."

나타샤는 애매한 표정을 지으며 말꼬리를 흐렸다.

그러자 리처드가 의아한 듯 반문했다.

"무슨 문제라도?"

"아니요. 단지 좀 이해가 안가서……."

나타샤는 고개를 한차례 흔든 후 말을 이었다.

"그는 확실히 미국인이었어요. 하지만 이름은 독일식이더군요."

"미국인?"

나타샤의 대답에 리처드의 표정이 묘해졌다.

"분명 구출 작전에 금발 청년을 발견했다는 말은 없었는데……."

"그는 마법사였어요. 그것도 굉장한 실력을 가진……."

"미국인 마법사 청년이라……."

리처드는 생각에 잠겨들었다.

그리고 현성은 나타샤를 바라보며 질문했다.

"그 금발 청년은 누굽니까?"

그 말에 나타샤가 현성을 바라봤다.

"그는 김현성 군에게 자신의 이름을 말하면 알 거라고 했어요."

"제가요?"

"예. 그는 자신을 크라우스, 크라우스 폰 발렌시아라고 했어요."

"……!"

나타샤의 말에 현성은 놀란 표정을 지으며 눈을 부릅떴다.

현대에서 다시는 듣지 못할 거라고 생각한 이름을 뜻밖의
인물에게서 듣게 되었기 때문이다.

제 3 장

믿기지 않는 진실

크라우스 폰 발렌시아.

그 이름을 어떻게 잊을 수 있겠는가?

'이드레시안 차원계에서 지겹도록 들었던 이름이지.'

현성은 속으로 쓴웃음을 지었다.

크라우스 폰 발렌시아는 현성이 이드레시안 차원계에서 불리던 이름이었다.

자신이 발렌시아 공작가의 장남, 크라우스 폰 발렌시아의 몸을 차지하고 있었기 때문에 그 이름으로 불렸던 것이다.

하지만 이곳은 이드레시안 차원계가 아니다.

본래 현성이 살고 있는 현대였다.

그런데 설마 크라우스의 이름을 현대에서 다시 듣게 될 줄 이야.

현성은 차가운 목소리로 입을 열었다.

"확실히 그 이름이 맞습니까?"

만약 나타샤의 말대로 금발 청년이 자신을 크라우스라고 이름을 밝힌 것이라면 문제는 아주 복잡해진다.

"예. 맞아요. 확실해요."

"젠장!"

나타샤가 긍정하자 현성은 욕지거리를 내뱉었다.

그러자 차 안의 모든 사람이 놀란 표정을 지었다.

그렇거나 말거나 현성은 안색을 굳히고 심각한 표정을 지었다.

'크라우스 폰 발렌시아, 크라우스 폰 발렌시아.'

현성은 무릎을 손가락으로 두드리며 생각에 잠겼다.

단순한 동명이인 것일까?

하지만 그렇다고 넘기기에는 이상한 점이 많았다.

우선 크라우스라는 청년은 자신에 대해 알고 있는 모양이었다. 그리고 나타샤의 이야기를 들어보니 그의 모습은 이드레시안 차원계의 크라우스와 닮은 듯했다.

거기다 디멘션 게이트의 등장.

'모르겠군, 모르겠어. 대체 무슨 일이 일어나려고 하는 거지?'

잠시 머릿속을 정리한 현성은 나타샤를 바라봤다.

"그러니까 크라우스라는 인물이 당신에게 저한테 가보라고 했단 말이죠?"

"맞아요. 그는 한국 지부에 있는 김현성이라는 인물을 꼭 만나라고 했어요."

"무엇 때문에 말입니까?"

"당신만이 저를 지켜줄 수 있다고 하더군요."

"……."

현성은 크라우스의 의도를 파악하기 위해 머리를 굴렸다.

하지만 도무지 알 수 없었다.

'아니, 한 가지만큼은 알 수 있지.'

이 세계에 크라우스 폰 발렌시아라는 인물이 있다는 것.

그의 정체가 정확히 누구인지, 혹은 무엇인지 알 수 없지만 말이다.

'우선은 이 여자를 지키는 수밖에.'

크라우스는 그녀를 지키기 위해 자신에게 보냈다.

그렇다면 눈앞에 있는 여인은 어쩌면 현성의 생각보다 더 중요한 인물일 수도 있었다.

그리고 그녀를 지키다보면 다시 크라우스와 만나게 될지도 모르는 일이었다.

"알겠습니다. 제가 당신을 지켜드리지요."

어차피 이미 미국이 부탁한 경호 의뢰를 받아들였기에 지금 이 자리에 있는 것이다.

"잘 부탁해요."

나타샤는 현성에게 손을 내밀었다.

"저야말로."

현성도 그녀가 내미는 손을 마주 잡고 악수했다.

그 순간.

콰아아앙! 끼이이이익!

"꺄악!"

"어억!"

잘 달리던 방탄 차량이 앞에서부터 휙 꺾이며, 앞바퀴를 축으로 몇 바퀴 회전을 했다.

갑작스러운 사태에 리처드와 나타샤가 비명을 질렀다.

서유나는 입술을 깨물고 회전에 버티기 위해 안간힘을 쓰고 있었다.

하지만 회전력을 이기지 못한 방탄 차량은 결국 뒤집어지고 말았다.

"큭! 이건 대체……?"

갑작스러운 사태에 현성은 고개를 두리번거리며 중얼거렸다.

"저, 저격입니다! 누군가 노리고 있어요!"

현성의 말에 리처드가 운전석에서 소리쳤다.

바로 그때,

쉬이이이익!

공기를 가르며 날아드는 소리가 현성의 귀에 똑똑히 들려왔다.

"젠장!"

현성은 다급하게 마법을 시전했다.

"트리플 실드(Triple Shield)!"

콰아아앙!

반투명한 막이 차 전체를 감싸자마자 바로 저격탄과 충돌했다. 커다란 폭발음이 들리더니 차체가 요동쳤다.

"이대로 있다간 당합니다! 빨리 밖으로!"

현성은 뒤집혀진 방탄 차량의 문을 발로 찼다.

텅!

스트렝스 마법을 걸고 찬 거라 얼마 지나지 않아 문이 떨어져 나갔다.

현성은 나타샤의 손을 붙잡고 방탄 차량에서 빠져나왔다. 그 뒤를 이어 리처드와 서유나가 차에서 탈출했다.

그 직후,

번쩍! 새애애애액!

멀리 떨어진 곳에서 불빛이 번쩍이는가 싶더니 공기를 찢으며 쇄도해 오는 소리가 들려왔다.

그 소리를 들은 현성은 반사적으로 나타샤를 찍어 누르며 바닥에 엎드렸다.

콰아아아아아앙!

그리고 이어지는 폭발.

"대체 누가……."

살며시 고개를 들고 폭발한 방탄 차량과 주변을 둘러본 현성은 눈살을 찌푸렸다.

한 가지 다행인 점은 방탄 차량이 뒤집혀진 장소가 비교적 인적이 드문 도로변이라는 사실이었다.

만약 도시 한가운데에 있는 도로였으면 어마어마한 피해가 났을 것이다.

하지만 인적이 드물다고 해서 사람들이 완전히 없는 것은 아니었다. 도로변 주변에는 여러 건물도 있었고, 수가 많지 않을 뿐, 주변에는 행인도 있었다.

그리고 주변에 있던 사람들은 방탄 차량이 뒤집어지고 폭발이 일어나자 도망을 치기 바빴다.

'노린 건가?'

현성은 적이 일부러 장소를 노렸다고 생각했다.

지금 자신들이 타고 있던 방탄 차량은 작살이 났다.

바닥에 쓰러져 있는 리처드와 서유나를 보니 다리에 작은 부상을 입은 모양이었다.

오고가기가 힘든 상황!

"다른 사람들은……?"

현성은 몸을 추스르며 마리사 대령과 미군 기계화부대 그리고 한국 지부 마법사들이 타고오던 차를 찾았다.

그때, 얼마 떨어지지 않은 곳에서 다가오는 차를 한 대 볼 수 있었다.

다름 아닌 마리사 일행이 탄 차였다.

"무사 했……."

마리사 일행이 탄 차가 무사한 것을 본 현성이 한시름 놓을 때였다.

번쩍! 쉬이이이익!

저 멀리 어둠 속에서 노즐 플래시가 터져 나오며 공기가 갈라지는 소리가 들려왔다.

"트리플 실드!"

현성은 마리사 일행이 탄 차에 방어 마법을 시전했다.

콰앙!

저격 총탄과 세 장의 실드가 충돌하며 폭발을 일으켰다. 그리고 현성의 실드는 바로 깨져 나갔다.

하지만 마리사 일행이 탄 차를 지키기에는 충분하고도 남았다.

"김현성! 무슨 일인가?"

공격을 받자 마리사 일행은 발 빠르게 행동했다.

현성이 시전한 실드가 없어지자마자 바로 문이 열리더니 마리사를 선두로 기계화 병사들과 마법사들이 쏟아져 나왔다.

"모두 숨어!"

그들을 본 현성은 다짜고짜 소리쳤다.

지금 어디선가 자신들을 노리는 저격병이 숨어 있다.

언제 어디서 공격이 올지도 모르는 상황.

현성의 외침에 마리사는 상황을 파악했다.

"모두 안전한 장소로 이동한다!"

그녀의 말에 일행은 일사불란하게 움직였다.

다음 공격이 오기 전, 마리사의 지휘 아래 병사들과 마법사들은 리처드와 서유나, 그리고 나타샤를 데리고 근처에 있는 건물 안으로 몸을 숨길 수 있었다.

*　　*　　*

"……."

현성 일행이 타고 있던 차가 뒤집혀진 장소에서 약 800미터 정도 떨어진 건물 옥상.

그곳에서 유리는 옥상 바닥에 엎드리고 스코프를 통해 목표를 확인하고 있었다.

"대체 누구지?"

유리는 초조한 표정을 지었다.

첫 공격은 의도대로 흘러갔다. 그녀는 상대를 제압하기 위해 나타샤가 타고 있는 차량에 총격을 가했다.

그녀의 목적은 나타샤 스베틀라나 스미르노바의 회수.

나타샤를 죽일 생각은 없었다.

단지, 움직이지 못할 정도의 부상을 입힐 생각이었다.

도망치기라도 하면 일이 귀찮아지고 복잡해지니까.

하지만 그런 유리의 생각은 빗나갔다.

나타샤의 곁에는 굉장한 실력을 가진 마법사가 붙어 있었던 것이다.

"설마 OSV—96 대물 저격탄을 막아낼 수 있는 마법사가 있다니."

유리는 입술을 꼭 깨물었다.

OSV—96 대물 저격총.

그 모체는 1990년대 초반 러시아에서 자체개발한 V—94라는 총으로, 끊임없이 개량하고 재설계한 끝에 OSV—96이라는 대물 저격총이 탄생했다.

구경은 12.7mm.

대인 저격총도 아니고, 위험물이나 엄폐물을 날리는 목적으로 개발된 대물 저격총이다 보니 위력도 남다르다.

700미터 거리에서 20mm 철판도 꿰뚫을 정도니까.

그런데 그 총격이 어느 마법사의 손에 막힌 것이다.

그렇지 않았다면, 나타샤를 호위하는 기계화 병사들에게 꽤 큰 타격을 입힐 수 있었으리라.

"어쩔 수 없지."

유리는 자리에서 일어났다.

그녀는 지금 검은색 전투복으로 완전 무장한 상태였다.

등에는 두 자루의 자동 소총이, 전투복 포켓에는 군용 대검이나 수류탄 등이 장착되어 있었다.

전장에 투입된 완전 무장한 병사, 그 이상의 무장이었다.

"한계 능력 해제."

유리를 중심으로 묵직한 중압감이 퍼져 나온다.

또한 유리의 두 눈은 조금 전보다 훨씬 더 붉게 빛났다.

마치 팬텀처럼.

스으윽.

잠시 후, 유리는 하얀 달빛 아래에서 검은 연기가 퍼져 나가듯 어둠 속으로 스며들며 모습을 감췄다.

*　　　*　　　*

한편, 현성은 일행을 이끌고 근처에 있는 건물 안으로 들어가 계단에서 몸을 숨기고 있었다.

그리고 마리사와 미군들은 무슨 일인지 알아보기 위해 계단으로 나오려고 하는 건물 사람들에게 다시 들어가라고 엄포를 놓았다.

절대 계단에 나오지 말라고 하면서.

"대체 누가……."

비교적 안전한 장소에 몸을 숨긴 현성은 눈살을 찌푸리며 중얼거렸다.

저격수의 능력은 탁월했다.

만약 자신이 없었다면, 이번 공격으로 나타샤를 호위하는 병력은 반쯤 괴멸했을 것이다.

"아마 러시아겠지요."

현성의 중얼거림에 나타샤는 입술을 깨물며 대답했다.

자신들이 공격받을 이유는 상식적으로 생각했을 때 나타샤밖에 없었다.

나타샤의 말에 현성은 미간을 좁혔다.

"이미 러시아가 움직이고 있었다는 말이군요."

"러시아에서 이렇게 나오는 것을 보니 중요한 정보를 많이 알고 있나 봅니다?"

"제가 알려줄 건 디멘션 게이트에 대한 것밖에 없어요."

"뭐, 그것만으로도 굉장히 중요한 정보 아니겠습니까. 꼭 저희에게 알려주시기 바랍니다."

리처드는 나타샤를 바라보며 그녀가 가지고 있는 정보에 큰 흥미를 보였다.

"아무튼 기다려 보죠. 함부로 밖으로 나갔다가 공격받을 수 있고, 적이 몇 명인지도 아직 알 수 없으니까요."

현성은 분위기를 환기시켰다.

지금 당장 중요한 것은 나타샤가 가지고 있는 정보가 아니라, 이 자리에서 벗어나는 것이다.

그리고 이미 현성은 저격수의 위치도 어디인지 대충 판별해 낸 상황이었다.

'마음 같아선 지금 당장 때려잡으러 가고 싶지만…….'

블링크나 텔레포트 마법을 이용하여 접근한다면 충분히 저격수를 잡을 수 있을 터.

하지만 문제는 적들의 숫자였다.

마리사나 기계화 병사들, 그리고 한국 지부의 마법사들이 허수아비는 아니지만, 그들만으로 역부족인 사태가 일어날 수도 있었다.

자신이 저격수를 잡으러 간 사이, 나타샤를 노리는 자들이 갑자기 나타날 수도 있으니까.

거기다 또 다른 저격수가 있을지도 모르는 일이었다.

그리고 무엇보다…….

'기다리고 있으면 저들이 먼저 온다.'

분명 저들의 목적은 나타샤 박사일 터.

그렇다면 이렇게 건물 안에서 만전의 준비를 하고 대기하는 편이 더 나았다.

"마리사. 부하에게 주변을 경계하라고 하세요. 머지않아 공격이 시작될 겁니다."

"알겠다."

현성의 말에 마리사는 고개를 끄덕였다.

지금 마리사의 부하들은 대부분 1층 건물 계단에서 경계를 서고 있었으며, 마법사들은 2층에서 대기 중이었다.

그리고 현성과 서유나, 리처드, 마리사, 나타샤는 2층과 3층 사이의 계단에서 몸을 숨기고 있었다.

'언제쯤 오려나.'

현성은 이미 감각을 활성화시킨 상태였다.

건물 주변으로 누군가가 다가온다면 누구보다도 먼저 알아차리리라.

드르륵!

"……!"

바로 그때, 1층에서 총성이 울려 퍼졌다.

"무슨 일이야!"

바로 마리사가 사태 확인에 나섰다. 1층에는 그녀의 부하들이 경계를 서고 있었으니까

"적습입니다!"

"뭐라고?!"

1층에서 들려오는 병사의 외침에 마리사를 비롯한 일행 모두가 놀란 표정을 지었다.

'적습이라고?'

특히 현성의 놀람은 더 했다.

자신의 감각을 피하고 접근하다니?

마치 팬텀 같지 않은가?

탕! 탕! 탕!

1층은 총성으로 가득 찼다.

병사들이 응전 사격을 개시했기 때문이다.

그들은 이미 한국 지부로부터 K-5 권총을 지급 받았다.

하지만…….

드르르르륵!

탕! 탕!

"크악!"

"으윽!"

1층에서 들려오는 소리로 보아 기계화 병사들이 밀리는 양상인 듯했다 상대는 적어도 기관단총으로 무장했지만, 이쪽은 권총이었으니까.

그리고 이유는 그것뿐만이 아닐 터였다.

"그녀를 데리고 위로 올라가십시오. 제가 밑으로 내려가보겠습니다."

현성은 마리사와 리처드에게 나타샤를 맡겼다.

"너는 어쩔 거냐?"

그 말에 서유나가 차갑고 도도한 표정으로 현성을 바라본다.

"경호 의뢰를 받았으니 임무를 완수해야죠."

현성은 피식 웃으며 대답했다.

그리고 그들을 뒤로하고 아래층으로 내려가자 병사들 뒤

에서 상황을 살피고 있는 마법사들을 만날 수 있었다.

"상황은 어떻습니까?"

현성은 한국 지부 마법사 중 한 명인 이진혁에게 말을 건넸다.

"보시는 대로입니다."

이진혁은 굳은 표정으로 대답했다.

1층에는 미군 기계화 병사 몇 명이 바닥에 쓰러져 얼굴을 찌푸리고 있었다.

적의 공격에 부상을 입은 듯했다.

그리고 상황은 잠시 소강상태에 접어든 모양이었다.

현성이 도착했을 때는 조용했으니 말이다.

1층 건물 계단을 둘러본 현성은 이것저것 지시를 내렸다.

"빨리 재정비하세요. 부상자는 뒤로 빼고, 이진영 씨는 치료를 해주세요."

현성의 지시에 마법사들과 병사들은 바쁘게 움직이기 시작했다.

순간, 건물 1층 계단 입구 너머에서 붉은빛이 너울거리는 모습이 보였다.

"적이다!"

탕! 탕!

기계화 병사들은 적을 발견함과 동시에 사격을 시작했다.

드르르륵!

"크아아악!"

하지만 이어지는 적의 공격에 또 몇 명이 나가떨어졌다.

'어둠 속에서 이런 정확한 사격을?'

현성은 쓰러지는 병사들을 보며 놀란 표정을 지었다. 그리고 몸을 낮추며 적을 바라봤다.

어둠 속에서 너울거리며 다가오는 두 개 붉은빛.

또한, 그 빛에서 느껴져 오는 익숙한 감각.

하지만 마나 감지에서는 아무것도 느껴지지 않았다.

'팬텀… 인건가?'

현성은 눈살을 찌푸리며 앞으로 나섰다.

드르륵!

어둠 속에서 9mm 총탄이 현성을 향해 날아들었다.

"실드(shield)!"

방어 마법을 시전하자 반투명한 방패가 현성의 앞에 생성되었다.

차차차창! 투두두둑!

날카로운 쇳소리가 들린 후, 돌진력을 잃은 총탄들이 바닥으로 우수수 떨어졌다.

적의 총탄을 한차례 막아낸 현성은 전방을 주시했다.

'뭐지, 이놈은?'

어느덧 적은 현성의 가시거리까지 들어와 있었다.

본래대로라면 적의 모습이 어떤지 보여야 정상이었다.

하지만 적의 모습은 보이지 않았다.

총탄을 피하기 위함이었는지 적은 좌우로 빠르게 움직이고 있었기 때문이다.

어디 그뿐인가?

적은 전신에서 검은 연기 같은 것을 흩뿌리며 이동하고 있었다. 그 때문에 적의 형체조차 가늠하기 힘들었다.

굳이 설명하자면 어둠이 뭉쳐 있는 형체 같았다.

쉬이익!

바로 그때, 지척까지 다가온 붉은빛의 적이 현성을 향해 무언가를 휘둘렀다.

"루스터 실드(luster shield)!"

찬란하게 빛나는 빛의 방패가 현성의 앞에 나타났다.

쾅! 콰가가각!

어두운 형체에서 뻗어 나온 무언가는 다름 아닌 군용 대검이었다.

파지지직!

루스터 실드와 군용 대검은 서로 맞부딪치며 불꽃을 튀겼다.

"크윽!"

그러자 적은 민첩하게 뒤로 공중제비를 돌며 물러났다.

그리고 현성의 앞에 착지하는 어둡고 검은 형체의 적.

정체를 알 수 없었던 적은 현성의 루스터 실드의 빛 앞에 모습이 드러났다.

　허리까지 내려오는 은색의 긴 머리카락과 붉게 빛나는 눈.

　검은색 전투복에 군용 대검을 역수로 쥐고 있는 10대 초반
의 소녀.

　"너는……?"

　눈앞에 드러난 적의 모습에 현성은 놀란 표정을 지었다.

제 4 장

슬픈 전투

"유리?"

"현성 오빠?"

현성과 유리는 서로를 놀란 표정으로 바라봤다.

이 자리에서 절대 볼 수 없을 거라 생각했던 사람들이 서로 만난 것이다.

"네가 어떻게……."

현성은 믿을 수 없는 표정으로 유리를 바라봤다.

그녀의 모습은 완전 무장한 병사가 따로 없었다.

등에는 두 자루의 PP−19−01 Vityaz 9mm 기관단총을 메고 있었으며, 전신에는 검은색 전투복과 단검, 수류탄 등으로 무장해 있었다.

"오빠야말로……."

유리는 자신에게 친절히 대해주었던 현성을 바라봤다.

분명 그가 자신의 공격을 막아낸 한국 지부의 마법사이리라.

"대체 왜 네가 이곳에 있는 거야?"

현성은 유리를 바라보며 소리쳤다.

공원에서 라이코스와 함께 놀며 미소를 짓던 소녀.

그런 소녀가 작은 손에 군용 대검을 들고 나타났다.

이 무슨 운명의 장난이란 말인가?

"지금 상황을 보면 알 수 있지 않나요?"

유리는 자조적인 미소를 지으며 말했다.

그녀는 지금 상황이 어떤지 이해하고 있었다.

요컨대, 자신들은 서로 적으로서 만나게 되었다는 사실.

그렇다면…….

"나는……."

유리는 손에 들고 있는 군용 대검을 꼭 쥐었다.

남은 건, 선택뿐.

"임무를 수행하는 수밖에 없어요."

유리의 붉은 눈이 한층 더 빛을 발한다.

"어째서? 우리가 이렇게 계속 싸워야 할 이유가 어디 있지?"

"적이니까. 그것 말고 다른 이유가 필요한가요?"

그 말이 끝남과 동시에 유리의 전신에서 검은색 연기 같은 것이 흘러나왔다.

그 상태로 유리가 현성을 향해 달려들기 시작했다.

그 모습은 흡사 검은 그림자가 움직이는 것 같았다.

"루스터 실드."

까아아앙!

찬란한 빛의 방패가 생성되자마자 유리의 군용 대검이 날카롭게 할퀴고 지나갔다.

유리의 공격을 막아낸 현성은 씁쓸한 표정으로 입을 열었다.

"다른 방법은 없는 거냐?"

"아직도 그 말인가요? 다른 방법 같은 건, 전 몰라요. 싸우는 것밖에 배우지 않았으니까!"

유리가 알고 있는 건 전투밖에 없었다.

훈련, 살인, 훈련, 살인.

어렸을 때부터 조직에서 그녀가 반복적으로 배워온 것이다. 그리고 그녀에게는 다른 방법을 생각하지 못하게 하는 족쇄가 채워져 있었다.

인간이면서 인간이라고 할 수 없는 족쇄가.

그러니 다른 방법 따윈 생각할 수 없었다.

단지, 지금까지 배워온 대로, 지금까지 해온 대로 평소와 다름없이 행할 뿐.

철컥철컥!

현성에게 일격을 가한 후, 거리를 벌린 유리는 등에 메고 있던 두 자루의 기관단총을 손에 들었다.

PP—19—01 Vityaz 9mm 기관단총.

러시아 특수부대에서 자주 사용하는 기관단총으로, 그 모습이나 사용 방법은 MP—5와 매우 흡사하다.

그 때문에 러시아판 MP—5라고 해도 무방했다.

유리는 각각 한손에 PP—19—01 Vityaz 9mm 기관단총을 들고 현성을 향해 겨눴다.

드르르르륵!

유리의 양손에 들린 두 자루의 기관단총이 현성을 향해 불을 뿜는다.

수많은 9mm 총탄이 현성을 향해 쇄도한다.

"트리플 실드."

현성은 손을 내저으며 마법을 시전했다.

그러자 삼중 방패가 생성되며 총탄 앞에 맞섰다.

티티팅! 팅팅!

요란한 쇳소리를 내며 총탄은 트리플 실드를 뚫지 못하고 팅겨져 나갔다.

찰칵찰칵!

탄환이 떨어졌는지 기관단총에서 트리거를 당기는 소리만

났다.

유리는 재빠르게 탄창을 갈아 끼우기 시작했다.

"블링크(Blink)."

그것을 본 현성은 단거리 공간이동 마법으로 유리에게 다가갔다.

순식간에 탄창을 교환하는 유리의 등 뒤로 이동한 현성.

"끝이다."

현성은 유리를 향해 손을 가져다 대었다.

"스턴(Stun)."

2클래스 기절 마법.

현성은 유리를 다치지 않게 기절시킬 생각이었다.

하지만…….

"섀도우 스모크(Shadow Smoke)."

스윽.

"……!"

현성은 놀란 표정을 지었다.

유리에게 가져다 댄 자신의 손이 그녀를 그대로 통과했기 때문이다.

그리고 문제는 유리의 다음 행동이었다.

유리는 등 뒤에 있는 현성을 무시하고 나타샤가 숨어 있는 건물로 돌진했다.

타타타탕!

건물 안에는 아직 마리샤의 병사들이 남아 있었다. 그들은 유리를 향해 총탄을 날렸다.

쉬익! 쉭!

그러나 그들의 총탄은 유리를 관통하고 지나쳐 갈뿐이었다.

조금 전, 현성의 손에 그녀의 몸을 통과 했던 것처럼.

유리는 인간의 몸이라고는 생각할 수 없을 정도로 엄청난 속도로 건물을 향해 내달렸다.

"이런!"

설마 자신을 놔두고 다짜고짜 나타샤가 있는 건물을 향해 돌진할 줄 몰랐던 현성은 혀를 찼다.

그리고 유리의 모습을 보고 확신했다.

'팬텀과 연관이 있다.'

인간을 초월한 것 같은 유리의 능력.

그녀의 모습은 이세키 쥬이치로가 걸작품이라고 자랑하던 설탕 소녀 사토미와 흡사했다.

'이번만큼은……!'

사토미와 같은 비극적인 일을 반복하지 않으리라.

현성은 눈 깜짝할 사이에 건물 내부로 돌입하려고 하는 유리를 바라보며 블링크를 시전했다.

"루스터 실드!"

블링크를 시전한 직후, 현성은 바로 방어 마법을 발동시

컸다.

"큭!"

바로 눈앞에서 검은 연기를 흩날리며 흐릿해진 모습의 유리가 신음을 삼키며 물러서는 모습이 보였다.

"미안하지만, 이 뒤로는 들여보내지 않겠어."

현성은 은빛 머리카락의 소녀, 유리를 바라보며 담담히 말했다.

"절 만만히 보면 보시면 큰 코 다치실 거예요."

"글쎄… 그건 어떨까?"

현성은 유리를 바라보며 쓴웃음을 지었다.

조금 전, 그녀가 물러서는 모습을 보고 알았다.

그 어떤 공격이라도 통과시키는 섀도우 스모크라고 해도 자신의 방어 마법은 뚫지 못한다는 사실을 말이다.

'이거라면…….'

"루스터 실드."

현성은 루스터 실드 마법을 시전한 후 변형하기 시작했다. 양손에 루스터 실드를 씌운 것이다.

잠시 후, 현성의 양손을 밝게 빛나는 투명한 막이 감쌌다.

"즉석에서 저런 짓을……."

유리는 신음성을 삼켰다.

그녀도 마법에 대해 어느 정도 안다.

그 때문에 지금 현성이 얼마나 엄청난 짓을 저질렀는지 알 수 있었다.

기존 마법을 변형해서 저런 장갑 형태로 만들다니!

탓!

순간 현성이 유리를 향해 달려들었다.

양손에 빛나는 루스터 실드를 앞세우며.

"큭!"

유리는 자신을 향해 휘둘러져 오는 현성의 주먹을 뒤로 공중제비를 돌며 피했다.

하지만 그 뒤를 현성의 빛나는 주먹이 따라붙었다.

'이대로는 안 돼.'

유리는 자신이 불리해졌다는 사실을 직감했다.

그리고 회피 동작을 멈추고 현성을 마주보며 양손을 내밀었다.

"디스토션 필드(Distortion Field)!"

우우우웅!

유리를 중심으로 둥글게 퍼져나가는 붉은색 배리어!

"이건!"

믿을 수 없게도 팬텀의 전매특허라고 할 수 있는 붉은색 배리어인 디스토션 필드가 유리를 중심으로 펼쳐졌다.

'역시 유리도……'

이미 예상은 하고 있었지만, 막상 이렇게 직접 확인하게 되자 현성은 씁쓸한 표정을 지었다.

왜냐하면 유리 또한, 이세키 쥬이치로 같은 매드 사이언티스트의 희생자라는 소리이니까.

"이제 아시겠죠? 다른 방법 따윈 없어요!"

디스토션 필드를 발동한 유리는 무섭게 빛나는 붉은 눈으로 현성을 노려봤다.

"아니, 나는 그렇게 생각하지 않아. 이번만큼은 반드시 구해줄게."

"무리예요."

유리는 현성을 바라보며 자조적인 미소를 지었다.

하지만 그것도 잠시.

유리는 디스토션 필드를 펼친 채로 현성을 향해 달려들었다.

"루스터 실드!"

현성은 자신을 향해 다가오는 유리를 보고 방어 마법을 시전했다.

쿠웅! 파츠츠츠츳!

현성의 루스터 실드와 유리의 디스토션 필드가 서로 충돌하며 강렬한 간섭 현상이 일어났다.

맹렬한 불꽃이 튀어 오른다.

현성과 유리는 서로 안간힘을 쓰며 맞붙었다.

그럴수록 간섭 현상은 강렬해졌다.

번쩍! 콰장장창!

루스터 실드와 디스토션 필드가 서로간의 간섭 현상을 이기지 못하고 섬광이 번쩍임과 동시에 꺼져 나갔다.

그 틈을 놓치지 않고 유리가 발 빠르게 움직였다.

PP—19—01 Vityaz 9mm 기관단총을 양손에 한 자루씩 쥐고 현성을 겨눈 것이다.

드르르르륵!

두 자루의 기관단총에서 불이 뿜어져 나왔다.

쇳소리를 내며 탄피가 땅바닥에 떨어지고, 무수하게 많은 9mm 총탄이 현성을 향해 쏟아졌다.

현성과 유리와의 거리는 약 1미터 정도.

거리가 너무 가까운 탓에 대처할 시간이 모자랐다.

퍼버버버벅!

극히 짧은 시간, 9mm 총탄은 현성을 향해 무수히 박혀 들어갔다.

'이겼다!'

온몸을 흔들며 총탄을 맞는 모습을 바라보며 유리는 승리를 직감했다.

하지만 이내 몰려오는 자괴감에 이를 악물며 고개를 숙였다.

'또 죽였어.'

그것도 자신에게 친절히 대해준 사람을 죽이고 말았다.

'어차피 나는 인간이 아니니까!'

"으아아아아!"

유리는 전신에서 검은 팬텀의 기운을 내뿜으며 고개를 치켜들었다.

붉게 빛나는 눈에서 한 줄기 눈물이 흐른다.

그건 누구를 위한 눈물일까.

"아직 승리의 포효를 지르기에는 이른 감이 있다고 생각하는데."

"······!"

갑작스럽게 등 뒤에서 들려오는 목소리에 유리는 두 눈을 부릅떴다.

놀란 얼굴로 뒤를 돌아보자 멀쩡한 현성의 모습이 보였다.

"어, 어떻게······?"

유리는 재빠르게 다시 고개를 돌리며 조금 전 총탄에 맞고 쓰러진 현성이 있던 장소를 바라봤다.

"······?"

있었다.

바로 눈앞에 9mm 총탄을 맞고 바닥에 쓰러져 있는 현성이.

하지만 등 뒤에는 멀쩡한 모습의 현성도 동시에 존재했다.

"이게 무슨······."

어이없는 표정으로 눈앞에 있는 현성을 바라보던 유리는 아차 싶은 표정을 지었다.

눈앞에 쓰러져 있는 현성에게 있어야 할 게 없었던 것이다.

"피가 없어?"

그렇게나 많은 9mm 총탄을 맞았다.

그렇다면 이 주변은 피바다가 되어 있어야 했다.

하지만 그 어디에도 피는 보이지 않았다.

그리고 얼마 지나지 않아 바닥에 쓰러져 있는 현성의 모습
이 흐물흐물해지더니 눈앞에서 완전히 사라졌다.

"큭!"

유리는 다급하게 섀도우 스모크를 발동시켰다.

스으윽.

한 박자 늦게 현성의 공격이 유리를 스쳐 지나갔다.

"대체 어떻게?"

유리는 등 뒤에 있던 현성에게서 물러서며 질문을 던졌다.

"운이 좋았지."

현성은 쓴웃음을 지었다.

루스터 실드와 디스토션 필드가 서로 충돌해서 간섭 현상
을 일으키며 빛이 번쩍였을 때, 현성은 일루전 마법을 시전해
자신의 모습을 한 환영을 만들어냈다.

하지만 그 사실을 몰랐던 유리는 현성이 만들어낸 환영을
향해 기관단총의 총탄을 모조리 쏟아 부었던 것이다.

현성은 두 눈을 붉게 빛내고 눈물을 흘리고 있는 유리를 애
처로운 표정으로 바라보며 입을 열었다.

"이제 그만하자. 네가 그렇게까지 하면서 계속 싸울 이유가 없잖아."

"부럽네요."

"뭐가?"

"그런 말을 계속할 수 있는 오빠가. 그리고 아무것도 모르는 오빠가."

"아무것도 모르고 있다니……?"

현성의 반문에 유리는 자조적인 웃음을 흘렸다.

"저에 대해 오빠가 무엇을 알고 있다는 거죠?"

"……!"

그 말에 현성은 할 말을 잃었다.

그렇다. 현성은 유리에 대해 알고 있는 사실이 없었다.

그저 사토미처럼 매드 사이언티스트의 희생자가 아닐까 추측하고 있을 뿐.

유리가 어떤 사정을 지니고 있는지, 그녀에 대해서 알고 있는 게 없었던 것이다.

"저에 대해서 아무것도 모르고 있는 주제에!"

유리는 다짜고짜 현성을 향해 폭발적인 스피드로 달려들었다.

지금까지 계속 들고 있던 기관단총은 바닥에 내팽개쳐 버린 뒤였다.

유리는 가벼워진 맨손에 붉은색 배리어를 덧씌웠다.

현성이 루스터 실드를 손에 씌운 것처럼, 유리는 디스토션 필드를 손에 씌운 것이다.

"루스터 실드."

콰앙!

디스토션 필드에 감싸인 유리의 손이 현성의 루스터 실드와 충돌하며 굉음이 울려 퍼졌다.

"아무것도 모르면서! 무엇을 할 수 있다는 건가요!"

쾅! 쾅!

유리는 현성을 향해 소리치며 디스토션 필드를 휘둘렀다.

"그렇다고 해도."

콰콰쾅!

현성은 루스터 실드로 유리의 공격을 튕겨냈다.

"크윽!"

그러자 유리는 신음을 흘리며 세 걸음 물러났다.

"나는 포기하지 않을 거야. 이번만큼은."

'이번만큼은?'

현성의 말에 유리는 얼굴을 찡그리며 의아해했다.

이번만큼이라니 대체 그건 무슨 소리인 걸까?

"무슨 소리를 하고 있는지 모르겠지만, 어차피 무의미해요. 무슨 일이 있어도 저는 임무를 완수하지 않으면 안되니까요."

유리는 현성을 노려보며 말했다.

"게다가……."

유리는 말꼬리를 흐렸다.

그리고 자신의 손에 들려 있는 것을 현성의 눈에 보여주었
다.

"이미 늦었으니까."

"……!"

유리의 손에는 고리 세 개가 들려 있었다.

그것을 본 현성은 놀란 표정을 지었다가 이내 발밑을 내려
다 봤다.

솔방울처럼 생긴 수류탄 세 개가 수줍게 현성을 올려다보
고 있었다.

'이런!'

대경한 표정으로 현성이 몸을 피하려는 찰나, 세 개의 수류
탄이 폭발했다.

쿠콰콰콰콰쾅!

어마어마한 폭음과 함께 수많은 파편이 사방으로 비산한
다. 수류탄이 건물 계단 입구 바로 앞에서 터진 탓에, 건물도
상당한 피해를 입었다.

그나마 다행인 점은 현성과 유리가 건물 바로 앞에서 싸우
자 주변에 있던 사람들이 전부 피난했다는 사실이었다.

기계화 병사들과 마법사들도 유리가 던진 수류탄을 피해
냈다.

하지만 현성은 수류탄의 폭심지에 있었다.

'끝났나?'

수류탄이 터지기 직전, 섀도우 스모크로 수류탄의 폭발을 피해낸 유리는 씁쓸한 표정으로 폭심지를 바라봤다.

폭발로 생긴 흙먼지 때문에 상태가 어떤지 알 수 없었다.

그러나 이 정도 폭발이면 아무리 대단한 마법사라고 해도 성치 못할 것이다.

'죽었을까? 아니면 살았을까?'

유리는 입술을 꼭 깨물었다.

수류탄의 폭발에 초토화된 장소를 보고 있자니 가슴이 아파왔다.

'이걸로… 괜찮아.'

유리는 폭심지에서 몸을 돌렸다.

현성이 죽었는지 살았는지는 알 수 없었지만, 죽었다고 보는 편이 맞으리라.

이제 남은 건…….

'임무를 완수하는 것뿐.'

유리는 붉은 눈을 차갑게 빛내며 건물 3층에 숨어 있을 나타샤를 향해 발걸음을 옮겼다.

"어디에 가지?"

"……!"

유리는 등 뒤에서 들려온 목소리에 놀란 표정으로 발걸음을 멈췄다.

'살아… 있어?'

유리는 등 뒤에서 현성의 목소리가 들리자 이상한 기분을 느꼈다.

이번에도 또다시 상대를 쓰러트리지 못했다는 초조감과 임무를 실패할 수도 있다는 불안감.

그리고 출처를 알 수 없는 안도감을 동시에 느꼈던 것이다.

만감이 교차한다는 말은 이럴 때 쓰는 것일까?

"그 폭발에서 살아남다니 대단하네요."

유리는 천천히 고개를 뒤로 돌렸다.

그곳에 멀쩡한 모습의 현성이 아무렇지도 않다는 표정으로 서 있었다.

"이 정도도 버티지 못하면 일본 지부를 괴멸시키지도 못했지."

"일본 지부를……?"

현성의 말에 유리는 놀란 표정을 지었다.

그녀도 일본 지부가 괴멸되었다는 소식은 알고 있었다.

하지만 일본 지부를 괴멸시킨 마법사가 누구인지는 정확히 몰랐다.

그런데 설마 그 주인공이 눈앞에 있는 현성이었을 줄이야!

'그래서 내 공격을 이만큼이나 버틴 것인가?'

유리는 어째서 현성이 자신을 상대로 이렇게까지 싸울 수 있었는지 납득했다.

"이대로 계속할 셈이야?"

현성은 짐짓 아무렇지 않다는 표정으로 입을 열었다.

'크윽.'

하지만 겉모습과 말과는 다르게 현성의 속은 멀쩡하지 않았다. 수류탄 세 개가 터지기 직전, 현성은 무리하게 마나를 끌어올려 방어 마법을 시전했다.

앱솔루트 실드(Absolute Shield).

절대 방어라고까지 일컬어지는 8클래스 마법이다.

절대 방어 마법을 시전한 현성은 수류탄의 폭발로부터 안전하게 지켜졌다.

문제는 급격하게 마법을 발동시키느라 내부가 진탕이 되었다는 사실이지만.

하지만 그런 내색은 절대 비치지 않고 현성은 애처로운 표정으로 유리를 바라보고 있을 뿐이었다.

"……."

그리고 유리는 현성의 말에 침묵하고 있었다.

무기는 거의 다 바닥났다.

기관단총의 탄창도 남아있는 게 없었다. 아니, 설사 남아 있다고 해도 눈앞에 있는 현성을 상대할 수 있을지 미지수였다.

그리고 수류탄도 이제 없었으며, 남아 있는 무기라고는 군용 대검뿐이었다.

물론 그 외에도 자신의 압도적인 신체능력과 팬텀으로서의 능력도 있었다.

하지만…….

'내가 이길 수 있을까?'

자신이 가지고 있는 능력을 전부 발휘해도 과연 눈앞에 있는 현성을 이길 수 있을지 유리는 확신이 서지 않았다.

'일단은 물러날까?'

유리는 어떻게 할지 바쁘게 머리를 굴렸다.

상대는 일본 지부를 괴멸시킨 마법사다.

이대로 계속 싸워봤자 승패가 나지 않는다.

"이번은… 물러나도록 하지요."

결국 유리는 물러나기로 했다.

본부에 상황을 보고하고 다음 지시를 받기로 결단을 내린 것이다.

유리의 전신에서 검은색 연기가 흘러나오기 시작했다.

"자, 잠시만!"

그것을 본 현성은 유리에게 소리쳤다.

하지만 유리는 현성을 한 번 스윽 본 후, 어둠 속으로 사라졌다.

"유리……."

현성은 유리가 사라진 어둠 속을 멍한 표정으로 계속 바라봤다.

                    *   *   *

늦은 밤.

인적이 없는 조용한 공원.

그곳에서 유리는 암호통신을 보내고 있었다.

암호 내용은 나타샤의 생포 및 암살 실패. 그리고 강력한
조력자가 등장해 혼자서는 임무를 완수하기 힘들다는 내용이
었다. 암호를 보낸 유리는 공원 벤치에 몸을 기댔다.

"하아……."

유리는 뜨거운 한숨을 내쉬며 밤하늘에 걸려 있는 하얀 달
을 올려다봤다.

어떤 답신이 예측할 수 없었다.

상황에 따라 목숨을 불사하고 반드시 임무를 완수하라는
답신이 올 수 있었다.

자신이 속해 있는 조직은 그런 곳이니까.

유리는 답신이 올 때까지 그렇게 멍한 표정으로 하얀 달을
바라봤다.

띠리링.

잠시 후, 답신이 도착했다는 알람이 조용하게 울려 퍼졌다.

유리는 자신의 스마트폰을 꺼내들고 암호 전문을 해독했다.

"임무 철회. 조속히 귀환하도록?"

암호를 해독하던 유리는 놀란 표정을 지었다.

본부에서 지원 병력은커녕 단독 특공 명령이 오지 않을까 생각하고 있었는데 설마 임무가 철회될 줄이야!

─라져(Roger).

잠시 놀란 표정을 짓던 유리는 이내 스마트폰을 조작해서 답신을 보냈다.

그리고 밤하늘에 걸린 하얀 달을 올려다봤다.

"다시… 볼 수 있을까?"

유리는 오늘 공원에서 처음 만나고, 불과 조금 전까지 숨 가쁘게 생명을 걸고 싸웠던 현성을 떠올리며 아련한 목소리로 중얼거렸다.

제 5 장
러시아의 음모

다음날.

인천역사유물박물관의 관장실.

"모두 모였군."

어제 오늘 사이 폭삭 늙어 보이는 서진철 관장이 좌중을 둘러보며 입을 열었다.

어젯밤의 습격으로 일행들은 꽤 피해를 입었다.

다행히 사상자는 없었지만, 부상자가 태반이었으며, 무엇보다 인천 도심에서 일어난 사건이었다.

아무리 인적이 드문 도로변에서 사건이 일어났다고는 해도 인천은 서울 옆에 붙어 있는 거대 도시다.

멀리서 사건을 지켜본 시민들도 있었고, 유리와의 전투로 파괴된 공공시설물도 꽤 되었다.

그것들을 어떻게든 무마하기 위해 한국 지부는 정보 조작을 하느라 식은땀을 흘려야 했다.

그 때문에 서진철 관장의 얼굴은 말이 아니었다.

"그럼, 이제 이야기 좀 들어 볼까요? 디멘션 게이트에 대해서."

현성은 나타샤를 바라봤다.

어젯밤 유리의 습격을 막아낸 현성에게 나타샤는 감사의 말을 전했다.

물론 자신을 지키기 위해 노력한 마리사를 비롯한 기계화 병사들과 한국 지부의 마법사들에게도.

그렇게 사건을 일단락한 지금, 일행은 모두 인천역사유물박물관의 관장실에 모여 이야기를 들을 생각이었다.

어째서 나타샤가 미국에 도움을 요청했는지, 그리고 디멘션 게이트란 무엇이고, 그것으로 러시아에서 무슨 일을 벌이려고 하는지 말이다.

"모두 알고 있다시피, 저는 러시아에서 디멘션 게이트를 연구하고 있었어요. 지난 10년 간 디멘션 게이트는 이라크와 시리아 국경이 마주하는 사막의 지하 연구소에 있었죠."

나타샤는 관장실에 모여 있는 인물들을 둘러보며 말하기 시작했다.

"지하 연구소에는 저를 비롯한 수많은 러시아 과학자가 디멘션 게이트를 연구했어요. 그리고 연구가 진행되면서 한 가지 사실을 알 수 있었죠."

그렇게 말한 나타샤는 고개를 숙이며 몸을 떨었다.

"디멘션 게이트의 실험 도중, 다른 차원계와 연결된 적이 있었어요."

"……!"

나타샤의 말에 일행들은 놀란 표정을 지었다.

"다른 차원계와 연결이 되었다니 그게 무슨……?"

"말 그대로예요. 찰나의 순간이긴 했지만, 확실히 다른 차원과 이어졌어요. 지구와는 다른 풍경을 보았었지요."

나타샤는 그때의 흥분감이 떠올랐는지 감정이 격앙된 목소리로 말했다.

그때의 감동을 어떻게 잊을 수 있을까.

길지 않은 시간이었지만, 다른 세계의 풍경을 엿보았던 것이다.

그때, 현성이 나타샤를 바라보며 질문을 던졌다.

"그 일은 언제 있었던 겁니까?"

"작년 중순쯤요."

"혹시 7월 20일에 실험했었습니까?"

"예… 그걸 어떻게?"

나타샤는 놀란 눈으로 현성을 바라봤다.

자신들이 실험한 날짜를 정확하게 현성이 알고 있었기 때문이다.

그리고 나타샤뿐만이 아니라 관장실에 있던 일행 모두도 놀란 얼굴로 현성을 바라보고 있었다.

"현성 군, 자네가 어떻게?"

서진철 관장이 일행의 대표로 질문을 던졌다.

"아니요. 아무것도……."

하지만 현성은 고개를 흔들며 답변을 회피했다. 그리고 속으로 눈살을 찌푸리며 생각에 잠겼다.

'작년 7월 20일…….'

그날을 어떻게 잊을 수 있을까.

이드레시안 차원계에서 지내고 있을 때도 종종 생각한 날이었다.

왜냐하면 그날은 현성이 자살을 시도한 날이었으니까.

'그런데 그날에 디멘션 게이트가 다른 차원의 문을 열었다?'

정말 공교롭기 짝이 없는 일이 아닌가?

'지나친 생각이겠지.'

현성은 이내 속으로 고개를 흔들고 나타샤에게 질문했다.

"그 이후에 무슨 일이 있었습니까?"

"예… 우리들은 실험에 성공했다고 생각했어요. 그리고 디멘션 게이트가 무엇인지 알아냈다고 생각했지요. 하지만 그건 우리들의 오만이었어요."

나타샤는 씁쓸한 표정을 지었다.

오랜 연구 끝에 드디어 디멘션 게이트를 가동하여 다른 차원과 연결시킨 러시아의 연구팀.

하지만 그것은 불행의 시작이었다.

"우리들이 연결한 아름다운 세계는 오래 가지 못했어요. 얼마 지나지 않아 디멘션 게이트는 우리가 처음 연결했던 차원이 아닌, 다른 세계와 연결 되었지요. 새카만 심연 속, 어둠으로 가득 찬 세계와……."

"또 다른 세계 말입니까?"

"예. 그리고… 그것이 튀어나왔지요."

나타샤의 몸이 떨려온다.

그때의 악몽이 다시 되살아난 것이다.

"많은 사람들이 죽었어요. 자칫 잘못하면 연구소가 괴멸하지 않을까 생각했죠."

나타샤는 두려움에 질린 표정으로 말했다.

"그것이 뭡니까?"

"여러분들도 잘 알고 있는 존재요."

"으음."

일행들은 신음성을 흘렸다.

'예상대로 팬텀인가.'

차원을 넘어 이 세계를 침략해 오는 존재.

현성은 서진철 관장을 힐끔 바라봤다.

'청동 거울을 연구하던 아티팩트 비밀 연구소에서 있었던 일들이 일어났었나 보군요.'

'그런 것 같군.'

서진철 관장과 현성은 서로 눈빛을 주고받았다.

나타샤의 이야기를 들어보니 청동 거울에서 팬텀이 나타났던 것과 같은 일이 일어난 듯했다.

"하지만 다행히 제압할 수 있었어요."

"제압할 수 있었다고요?"

나타샤의 말에 현성은 놀란 표정을 지었다.

"디멘션 게이트에서 넘어온 팬텀은 단 1기, 그리고 우리 러시아에서도 팬텀에 대항하기 위해 준비 중인 비밀 프로젝트가 있었으니까요. 어제 만난 소녀 같은 존재들이요."

"유리 같은 소녀들이 더 있다는 말 입니까?"

"네. 어제 습격해 온 소녀는 분명 프로젝트 페리 칠드런의 일원일 거예요."

현성의 말에 나타샤는 쓸쓸한 미소를 지으며 대답했다.

그녀는 어제 습격해 온 소녀에 대해 잘 알고 있었다.

프로젝트 페리 칠드런.

팬텀에 대항하기 위해 러시아에서 시행한 프로젝트다.

프로젝트 페리 칠드런으로 탄생한 결과물이 바로 유리 안젤리나 미하일로바 같은 소녀들이다.

인간을 초월하는 신체능력을 가진 무적의 병사들.

러시아에서는 그녀들을 죽음의 천사라고 부른다.

"프로젝트 페리 칠드런……."

나타샤의 말에 현성은 얼굴을 찌푸렸다.

그리고 날카롭게 나타샤를 노려보며 말했다.

"팬텀 세포를 이용한 생물병기 프로젝트입니까?"

"……!"

현성의 말에 나타샤는 놀란 표정으로 눈을 부릅떴다.

"그걸… 어떻게……?"

"일본과 다를 바가 없군요. 아직 어린 소녀들을 대상으로 그런 짓을 하다니……."

현성은 어젯밤 만난 유리를 떠올렸다.

믿을 수 없는 몸놀림으로 자신을 상대하던 작은 소녀.

유리는 인간을 초월한 반사 신경과 어떤 공격이라도 통과시키는 능력을 가지고 있었다.

그리고 무엇보다 그녀에게서 느껴지던 꺼림칙한 기운.

공원에서 보았던 호수처럼 푸른 눈이 팬텀과 같은 불길한 붉은빛을 내고 있었으며, 전신에서는 팬텀이 내뿜던 기운이 느껴졌었다.

유리가 이렇게 실전에 투입될 정도라면 남는 결과는 하나뿐.

오래전부터 러시아에서는 팬텀 세포를 이용한 생물병기를

개발하고 있었다는 소리였다.

"이건 명백한 국제법 위반이군요."

지금까지 조용히 이야기를 듣던 리처드가 이마에 흐르는 땀을 닦으며 처음으로 입을 열었다.

본래 그는 이런 자리에서 나타샤가 러시아나 디멘션 게이트에 대한 정보를 말하는 것을 원치 않았다.

하지만 상황이 바뀌었다.

어젯밤에 습격해 온 소녀 때문이다.

사실 리처드는 마리사를 비롯한 미군 기계부대면 경호에 충분할 줄 알았다.

하지만 결과는 대패.

그들은 갑자기 나타난 작은 소녀에게 손도 발도 쓰지 못하고 큰 부상을 입었다.

만약 현성이 없었다면 자신들은 전멸했을 것이다.

그 때문에 디멘션 게이트에 대한 정보를 나타샤로부터 얻으려면 부득불 현성이 필요하다는 결론에 도달했다.

그리고 애초에 현성이 경호를 받아들인 이유도 디멘션 게이트에 대한 정보 공유가 조건이었다.

'어느 정도 정보를 넘길 수밖에 없겠군.'

리처드는 초조한 표정으로 연신 이마의 땀을 닦았다.

DIA가 나타샤로부터 원하는 정보는 다름 아닌 디멘션 게이트를 기동시키기 위한 방법이었다.

'디멘션 게이트를 손에 넣는 것은 다름 아닌 미국이다!'

디멘션 게이트를 손에 넣은 다음 연구를 계속 하려면 나타샤의 협력이 필요했다.

그에 대한 정보가 아니라면 한국 지부에 알려줘도 될 터.

"러시아에서 일본과 다를 바 없는 짓을 하고 있을 줄은 몰랐군요."

나타샤의 이야기에 현성은 눈살을 찌푸리며 말했다.

리처드가 말한 국제법 운운하기 전에 도덕과 윤리적인 문제였다.

현성은 일본의 이시이 로쿠로처럼 어린 소녀를 생체실험의 희생양으로 쓴 러시아의 과학자들을 용서할 수 없었다.

"프로젝트 페리 칠드런을 만들어낸 작자는 누굽니까?"

"그건 기밀 사항이라……."

"하."

나타샤의 기밀이라는 말에 현성은 코웃음을 쳤다.

"이런 상황에서 기밀 사항 운운이라니. 당신은 러시아를 등진 게 아닙니까? 그리고 유리 같은 소녀를 만들어낸 짓이 용서받을 것 같습니까?"

현성은 날카로운 눈으로 나타샤를 노려봤다.

"러시아는 일본과 다름없는 짓을 했습니다. 그에 대한 합당한 대가를 치러야 할 겁니다."

"……."

현성의 말에 나타샤는 침묵했다.

그녀 또한 현성과 생각이 다르지 않았다.

아무리 인류를 위협하는 팬텀에 대항하기 위해서라지만 어린 소녀를 실험체로 썼다는 사실을 알고 얼마나 많은 번민을 하였던가?

"그는… 이반 알렉산드로비치 이바노프 박사예요. 디멘션 게이트를 연구하던 연구소의 소장이기도 하지요."

"이반 알렉산드로비치 이바노프……"

현성은 그 이름을 잊지 않게 곱씹었다.

바로 그자가 유리와 같은 희생자를 만들어낸 인물일 테니까.

그리고…….

"그자는 오래전부터 팬텀과 접촉을 한 인물이겠군요."

"예?"

현성의 말에 나타샤는 반문했다.

러시아에서 팬텀과 첫 조우를 한 것은 불과 작년 중순 때쯤.

그런데 오래전부터 접촉을 했다니?

"프로젝트 페리 칠드런은 팬텀 세포를 사용한 생체병기를 만들어내는 게 목적이었을 겁니다. 그럼 이미 팬텀과 접촉했다는 거지요. 그래야 팬텀 세포를 얻을 수 있었을 테니까."

"아……."

그제야 나타샤는 고개를 끄덕이며 납득했다.

하지만 이내 화들짝 놀라며 등골이 서늘한 표정을 지었다.

"대체 어떻게……."

"모르죠. 일본처럼 고대 유적에 잠들어 있던 팬텀을 발견한 것인지, 아니면 다른 어떤 방법으로 팬텀과 접촉하고 있는 것인지."

"……."

나타샤는 한기를 느끼며 몸을 떨었다.

대체 러시아에서 감추고 있는 정보들은 얼마나 되는 것일까?

"아무튼 이야기를 계속해 주시죠."

"예……."

현성의 말에 나타샤는 정신을 차리며 힘없는 표정으로 고개를 끄덕였다.

"팬텀을 제압한 우리들은 연구를 계속했어요. 그리고……."

나타샤는 말꼬리를 흐렸다.

계속 디멘션 게이트를 연구한 그녀들은 절망감에 빠질 수밖에 없었다.

"재차 여러 번 디멘션 게이트를 기동시켰지만, 연결되는 세계는 한 곳뿐이었어요."

팬텀이 이쪽 세계로 넘어온 새까만 칠흑의 세계.

몇 번을 기동시켜 봐도 연결되는 세계는 오직 그곳 하나뿐. 처음 연결되었던 아름다운 세계는 더 이상 나오지 않았다.

"그 덕분에 몇 번 팬텀의 침입이 있었지요. 하지만 이번에는 만반의 준비를 해놓고 실험한 터라 첫 번째처럼 피해를 입지 않고 제압할 수 있었어요."

덕분에 팬텀에 대한 정보를 많이 얻을 수 있었다.

그러나 그녀를 비롯한 과학자들은 실망감을 감출 수 없었다. 디멘션 게이트의 진정한 가치를 살릴 수 없었기 때문이다.

현재 인류의 위협은 팬텀만이 아니었다.

지구상에서 점점 줄어 가고 있는 자원.

그리고 세계적으로도 문제가 되고 있는 환경오염, 전쟁 등등.

인류를 위협하는 것은 도처에 있었다.

하지만 디멘션 게이트로 인해 인류가 다른 세상으로 진출할 수 있게 되면 어떻게 될까?

풍부한 자원과 깨끗한 자연 환경이 갖추어져 있는 신세계!

나타샤를 비롯한 과학자들은 디멘션 게이트가 인류의 미래와 희망이 될 거라 여기고 있었다.

그런데 디멘션 게이트가 연결되는 세계는 단 한 곳!

인류를 위협하는 팬텀이 득실거리는 차원뿐이었다.

그 때문에 나타샤를 비롯한 과학자들은 실망감과 함께 끝을 알 수 없는 절망감에 빠졌다.

희망 끝에 찾아온 절망감.

"디멘션 게이트를 연구한 결과 팬텀이 사는 세계와 거의 고정되다시피 연결되었다는 사실을 알아냈어요. 그래서 그 사실을 러시아 정부에 알렸죠. 지금의 디멘션 게이트는 위험하니 봉인해야 한다고."

나타샤는 씁쓸한 표정을 지었다.

디멘션 게이트가 팬텀의 세계와 연결되어 고정되다시피 한 상황. 혹시 있을 사고나 사건에 대비하려면 봉인을 시켜두어야 했다.

"하지만 러시아 정부는 오히려 좋아하더군요. 팬텀에 대해 더욱 연구할 수 있는 기회가 생겼다고."

나타샤의 음성에 살짝 분노가 서렸다.

"러시아 정부는 보다 많은 팬텀을 불러들일 작정이에요. 만약 그런 짓을 했다간 삽시간에 이쪽 세계로 팬텀이 넘어올 수 있어요. 최악의 경우에는……."

"최악의 경우에는……?"

"문이 닫히지 않을 가능성도 있어요."

"허……."

디멘션 게이트가 닫히지 않으면 이쪽 세계와 팬텀이 득시글거리는 세계가 계속 이어진 상태로 있게 된다는 말이 아닌가?

'만약 그런 일이 생긴다면······.'

일본에서 만난 요르문간드가 이야기한 라그나로크가 현대에 다시 재현될 수 있었다.

그럴 경우 결과는 인류의 필패.

어디 그뿐인가?

팬텀 너머에는 방문자라고 하는 정체불명의 존재들이 있었다.

신들조차 그들과의 전쟁에서 지지는 않았지만, 도망치듯이 세계를 떠나갔다.

신을 상대로 동수를 이룬 그들을 인류가 어떻게 상대할 수 있을까.

"그래서 전 계속 연구소의 소장, 이반 알렉산드로비치 이바노프 박사에게 이야기했지만 번번이 묵살되었지요. 그래서 디멘션 게이트의 위치 정보를 미국에 넘기고 도움을 요청했어요."

나타샤가 미국에게 손을 벌린 것은 러시아의 정신 나간 짓에 손을 떼기 위함이었다.

디멘션 게이트를 통해 계속 팬텀을 부르겠다니.

그녀로서는 도저히 받아들일 수 없는 짓이었다.

"이반 알렉산드로비치 이바노프··· 또 그 이름 입니까."

현성은 나타샤가 말한 연구소 소장의 이름을 되뇌었다.

프로젝트 페리 칠드런의 매드 사이언티스트.

'이시이 로쿠로와 이시이 쥬이치로 같은 자가 틀림없겠군.'

제2차 세계대전 때, 일본이 저지른 만행 중 하나인 731부대의 의지를 계승한 미치광이들.

현성은 일본에서 만난 매드 사이언티스트들을 떠올리며 눈살을 찌푸렸다.

"그뿐만이 아니에요. 러시아 정부에서는 팬텀을 병기화 할 생각을 가지고 있어요. 그래서 이쪽 세계로 팬텀을 계속 소환하려고 하는 거죠."

"병기화?"

나타샤의 말에 일행은 놀란 표정을 지었다.

"예. 팬텀이 단순한 생명체가 아니라는 사실은 다들 알고 계시겠죠?"

"그야 뭐……."

일행은 고개를 끄덕이며 긍정했다.

예전보다 지금은 팬텀에 대해 어느 정도 알아낸 상황이었다.

현성이 쓰러트린 팬텀의 일부를 한국 지부가 회수해서 정보를 공유하였고, 얼마 전 일본 지부를 괴멸시키면서 팬텀에 대한 정보를 어느 정도 확보했으니 말이다.

그래봐야 수박 겉핥기 수준이지만, 적어도 팬텀이 자연적으로 발생한 생명체가 아니라는 사실 정도는 알아낼 수 있었다.

"러시아에서는 팬텀을 이용할 생각이에요. 그게 얼마나 위험한 행동인지도 모르고서……."

나타샤는 말꼬리를 흐렸다.

그녀는 사막 지하 연구소에서 몇 번 팬텀을 봤다.

그래서 그것들이 얼마나 위험하고 소름끼치는 존재인지 잘 알고 있었다.

팬텀으로 인해 적지 않은 피해를 입어왔으니까.

그런데 러시아 정부와 이반 알렉산드로비치 이바노프 소장은 그 위험하기 짝이 없는 팬텀을 이용하겠다고 하는 게 아닌가?

"그건 정말 미친 짓이에요. 저는 그런 짓을 용납할 수 없어요."

팬텀의 병기화.

애초부터 팬텀은 생체병기에 가까운 존재다.

만약 그것을 이용할 수 있게 된다면 확실히 도움이 되긴 할 것이다.

하지만 그러기엔 리스크가 너무 컸다. 까딱 잘못했다간 전 인류가 위험해질 수도 있는 일이었으니까.

나타샤의 이야기를 들은 서진철 관장은 살짝 어두운 표정으로 입을 열었다.

"스미르노바 박사, 이야기는 잘 들었습니다. 러시아에서 그런 짓을 하고 있을 줄은 몰랐군요."

"일이 잘못되기 전에 러시아를 막아야 하지 않을까요?"

서진철 관장의 말에 이어 리처드가 심각한 표정을 지으며 말했다.

확실히 러시아의 행동은 시도는 좋지만 너무 위험했다.

사달이 나기 전에 막아야 할 터.

"하지만 문제는……."

현성은 말꼬리를 흐리며 나타샤를 바라봤다.

그리고 일행의 시선도 나타샤를 향해 꽂혔다.

"원래대로라면 지금쯤 디멘션 게이트는 미국이 가지고 있었어야 해요."

"미스 스미르노바 박사. 그 이야기는 조금……."

나타샤의 말에 리처드가 곤란한 표정을 지었다.

"그건 무슨 말입니까?"

현성은 손으로 리처드를 저지하며 흥미로운 표정으로 나타샤를 바라봤다.

하지만 대답은 다른 곳에서 들려왔다.

"우리들의 임무는 나타샤 스베틀라나 스미르노바 박사와 디멘션 게이트의 탈취였다. 하지만 이미 디멘션 게이트는 어디론가 다른 곳으로 빼돌려진 뒤였더군."

마리사는 담담한 목소리로 말했다.

그리고 마리사의 말을 들은 현성은 리처드를 바라봤다.

"고공 정찰 드론이 디멘션 게이트를 발견한 건 우연이 아니었군요."

"끙……."

리처드는 한숨을 내쉬며 소파에 몸을 묻었다.

'나타샤의 요청을 들어준 이유가 있었군.'

미국 DIA에서 나타샤를 도와준 이유는 단순히 디멘션 게이트에 대한 정보를 알고 있어서가 아니었다.

나타샤와 함께 디멘션 게이트를 손에 넣을 수 있었기에 그녀를 도와주었던 것이다.

하지만 러시아 쪽이 미국보다 한발 앞섰다.

가장 중요한 디멘션 게이트는 다른 곳으로 빼돌렸고, 아직 연구에 중요한 중추 역할을 하고 있는 나타샤는 끝까지 살려 두다가 결국 제거하려고 했다.

만약 크라우스라는 인물이 나타샤를 도와주지 않았다면, 그녀는 지금 이 자리 없었을 터.

그러나 미국도 호락호락하지 않았다.

기계화부대를 투입하기 전, 무인 고공 정찰 드론으로 이라크 사막에서 이동 중인 디멘션 게이트를 발견했던 것이다.

우연이라면 우연이라고 할 수 있겠지만, 애초에 고공 정찰 드론을 이라크 상공에 띄운 이유는 작전 지역에서 일어나는 일들을 관찰하기 위함이었다.

그 결과 잭팟이 터진 것이지만.

"그럼 리처드 씨. 지금 디멘션 게이트는 어디에 있지요?"

현성은 리처드를 똑바로 바라보며 말했다.

고공 정찰 드론으로 디멘션 게이트를 확인하였으니, 그것이 어디에 있는지도 분명 알고 있을 터였다.

"유감이지만 모릅니다."

하지만 리처드는 고개를 흔들었다.

"이 상황까지 와서 발뺌을 하겠다는 겁니까?"

"그게 아니라 정말 모릅니다. 디멘션 게이트를 확인은 했지만, 이후 바로 격추 당했거든요."

"그 말을 우리들이 믿을 거라 생각 합니까?"

현성은 입꼬리를 살짝 말아 올렸다.

현성의 표정을 본 리처드는 숨이 가빠짐을 느꼈다.

이유는 알 수 없지만 현성의 얼굴을 보고 있자 온몸이 짓눌리는 듯한 압박감을 받았기 때문이다.

'거짓인지 아니면 진실인지 밝혀내주지.'

여기서 조금만 더 압박을 가하면 리처드의 진위를 판별할 수 있다.

현성은 계속해서 리처드에게 말 없는 압박을 가했다.

그때, 리처드를 구원해 주는 목소리가 울려 퍼졌다.

"그쯤 해 둬라, 김현성. 그의 말은 내가 보증하지. 미국 지부에서도 디멘션 게이트의 정확한 위치는 모른다."

"쯧……."

마리사의 말에 현성은 혀를 차며 리처드에게서 시선을 거뒀다. 그제야 리처드는 숨을 몰아쉬며 무거운 압박감에서 벗어날 수 있었다.

"미국 지부에서도 모른다면 문제로군."

관장실 내부에서 돌아가는 상황 지켜본 서진철 관장은 턱 밑에 손을 괴고 심각한 표정을 지었다.

그리고 현성은 눈살을 찌푸리며 중얼거렸다.

"그럼 지금 디멘션 게이트는 대체 어디에……?"

"제가 알고 있어요."

그때, 나타샤가 담담한 목소리로 말했다.

"디멘션 게이트가 어디에 있는지 알고 있다고요?"

일행은 놀란 얼굴로 나타샤를 바라봤다.

그리고 리처드의 얼굴은 흙빛이 되었다.

그로서는 디멘션 게이트를 놓고 각국이 경합을 벌이는 일이 일어나기를 원치 않았다.

그저 조용히 미국이 디멘션 게이트를 회수하기를 바라고 있었던 것이다.

"예. 이라크 서남부 지역에 있는 러시아 비밀 군사 기지에 있을 거예요."

"러시아 군사 기지라……."

있을 법한 이야기였다.

이라크와 시리아에는 러시아 군사 기지가 있다.

대외적으로 알려져 있는 군사 기지가 있는가 하면, 비밀리에 지어져 있는 군사 기지도 있었다.

　거기다 러시아는 이라크와 시리아 뒤에서 몰래 디멘션 게이트를 연구하고 있었다.

　그러니 디멘션 게이트가 있을 장소가 러시아 군사 기지일 가능성이 높았다.

　"그럼 그곳에 이반 알렉산드로비치 이바노프 박사도 있다는 말 입니까?"

　"예."

　"흠……."

　나타샤의 말에 현성은 생각에 잠겼다.

　러시아의 비밀 군사 기지에 이반 알렉산드로비치 이바노프 박사가 있다면, 유리도 있을 가능성이 높았다.

　그전에…….

　"그 정보 확실합니까?"

　현성은 나타샤를 바라봤다.

　"확실해요. 제가 있던 연구소에서 만약 무슨 일이 생겼을 때 디멘션 게이트를 옮길 후보지 중 가장 높은 순위에 있던 장소가 바로 그곳이니까요."

　나타샤는 확고한 표정으로 말했다.

　하지만 현성은 한숨을 내쉬었다.

　"그렇다면 그곳은 아니겠군요. 이반 박사가 당신이 알고 있는 장소에 디멘션 게이트를 보관할 정도로 허술한 인물은 아닐 테니."

"그거라면 걱정하지 마세요. 디멘션 게이트를 보관하는 장소는 일급 기밀로 연구소 소장인 이반 박사와 몇몇 간부급 인물밖에 모르는 정보예요. 그래서 원래는 제가 알 수 없는 정보지요."

"그럼 어떻게……."

나타샤의 말에 현성은 반문했다.

그러자 나타샤는 승리자의 미소를 지어보였다.

"저는 여자예요. 이반 박사가 모르게 이미 조사해 두었지요."

여러 가지 의미를 담고 있는 나타샤의 당당한 말에 일행의 다음 행동은 자연스럽게 결정이 났다.

제 6 장
이라크 강습 작전

이라크 상공.

뜨거운 태양빛이 쏟아지는 낮을 지나 어둠이 내리는 밤.

별빛이 반짝이는 어두운 하늘을 가로지르고 있는 거대한 형체가 있다.

스피드 애자일(Speed Agile).

미국 록히드마틴사에서 개발 중으로 알려져 있는 스텔스 수송기다.

미국 C-130J 슈퍼 허큘리스 수송기를 대체할 목적으로 개발 중이라고 알려져 있지만, 실제로는 이미 비밀 작전 같은 비공개 미션에 실전 투입되고 있었다.

"이제 곧 작전 지역에 도달."

"수송 낙하지점 확인."

스피드 애자일 스텔스 수송기의 파일럿 두 명이 작전 지역 상황을 확인하며 카고 룸에 보고를 했다.

카고 룸에는 마리사를 비롯한 기계화부대가 탑승하고 있었다.

"모두 들었겠지? 1분 후 작전을 실행 하겠다. 낙하 준비!"

"Sir, yes Sir!"

기계화 병사들은 우렁찬 구령으로 대답했다.

"준비는 끝났나?"

마리사는 그들을 뒤로하며 한 인물에게 다가가 부드러운 목소리로 물었다.

"당연히."

마리사의 질문에 현성은 고개를 끄덕였다.

"그래?"

그러자 마리사는 입꼬리를 말아 올리며 웃었다. 그리고 다짜고짜 현성의 입에 입술을 가져다댔다.

"으읍!"

갑작스러운 마리사의 행동에 현성은 아무런 대처를 하지 못했다.

"휘익~!"

"대령님은 좋겠습니다!"

여기저기서 병사들의 야유가 터져 나왔지만 현성은 신경 쓸 여력이 없었다.

마리사의 부드러운 혀가 입안으로 들어왔다가 나가기를 반복하고 있었으니까.

잠시 후, 약간 상기된 마리사의 얼굴이 현성에게서 떨어졌다.

"표정이 왜 그러지? 이미 준비되었다고 하지 않았나?"

마리사는 어안이 벙벙한 표정의 현성을 보며 장난스럽게 웃었다.

"……"

그 모습에 현성은 속으로 한숨을 내쉬었다.

지금 현성은 마리사를 비롯한 미군과 함께 디멘션 게이트를 회수하기 위한 작전에 투입 되었다.

그 때문에 스텔스 수송기를 타고 이라크 상공에 와 있는 것이다.

그리고 조만간 디멘션 게이트가 있는 장소로 여겨지는 러시아 비밀 군사 기지 상공에 도착할 예정이었다.

그때 수송기의 파일럿이 보고를 해왔다.

"낙하지점 도달. 반복한다, 낙하지점 도달!"

"카고 룸을 오픈한다!"

위이이잉!

그리고 수송기의 뒷부분이 열리기 시작했다.

"마리사."

현성은 조용히 마리사의 이름을 불렀다.

그러자 낙하 준비를 하고 있던 마리사가 현성을 바라봤다.

"죽지 마."

그 말에 마리사는 살짝 놀란 표정을 지었다.

"나를 걱정해 주는 건가? 그것 참 기쁘군. 걱정하지 마라. 작전이 끝나면 한국에 돌아갈 때까지 귀여워해 줄 테니까."

"쯧. 말이라도 못하면. 아무튼 나중에 보도록 하지."

그 말을 남기고 현성은 모습을 감췄다.

단거리 공간 이동 마법, 블링크를 사용해서 수송기 밖으로 나간 것이다.

마리사는 현성이 있던 자리를 잠깐 바라봤다.

그리고 이내 고개를 돌리며 소리쳤다.

"작전 개시!"

그녀의 명령에 기계화 병사들은 스텔스 수송기에서 뛰어내리기 시작했다.

이라크 상공.

현성은 지상으로 떨어져 내리고 있었다.

차가운 바람이 세차게 불어왔다.

그리고 저 앞에서 빛나고 있는 불빛이 보였다.

'저곳이로군.'

이라크에 있는 러시아 비밀 군사기지.

현성은 그곳으로 다가가기 위해 각도를 살짝 틀었다.

그 상태로 스카이다이빙을 하며 현성은 러시아 비밀 군사기지에 다가갔다.

얼마 후, 지면과 가까워지자 현성은 마법을 시전했다.

"플라이(Fly)."

3클래스 공중 부양 마법.

쏜살같이 지면을 향해 곤두박질치던 현성의 몸이 눈에 띄게 느려졌다.

이윽고 현성은 무사히 지면에 착지했다.

"다른 사람들은……."

현성은 고개를 들고 밤하늘을 올려다봤다.

어두운 밤하늘에 박혀 있는 하얀 별빛과 달밖에 보이지 않았다.

"호크 아이!"

현성은 시력 강화 마법을 시전했다.

그러자 낙하산을 펼치고 내려오고 있는 병사들의 모습이 보였다.

"그럼 슬슬 잠입해 볼까?"

현성은 눈앞에 펼쳐져 있는 러시아 비밀 군사기지를 내려다보며 입꼬리를 슬쩍 말아 올렸다.

                    *   *   *

왜애애애앵!

"침입자다!"

"대체 뭐야, 저 녀석들은!"

"대공포! 대공포는 뭐하고 있는 거냐!"

러시아 비밀 군사기지 내부는 발칵 뒤집혀 있었다.

압도적인 화력을 자랑하는 기계화 병사들이 상공에서 마
치 폭격을 가하듯 선공을 가했던 것이다.

러시아 병사들과 이라크 병사들로 보이는 무장 병사들이
응전하고 있었지만, 몸의 일부를 기계화시킨 병사들을 막기
에는 역부족이었다.

그들은 현지 언어로 정신없이 소리치며 미군 기계화 병사
들의 공격을 막기에 급급했다.

"최대한 시간을 끌어!"

"저놈들의 시선을 우리 쪽에서 돌리지 못하게 만들어라!"

그리고 기계화 병사들도 정신없기는 마찬가지였다.

이번 작전에 투입된 기계화 병사들은 대략 스무 명 정도.
그에 반해 적들은 기지 내부에서 꾸역꾸역 몰려나오고 있었
다.

처음에는 기지 방어 병력이 얼마 되지 않아 미군이 우세했
지만, 시간이 지날수록 점점 더 불리해져 갔다.

그 때문에 그들은 바리케이드를 치고 농성전에 들어가기
시작했다.

  기계화 병사들이 농성전에 들어가자 러시아 비밀 군사기
지의 지휘관들은 애가 달았다.

  시간이 지나면 지날수록 이쪽의 피해는 커져만 가는데, 저
쪽은 그래 보이지 않았기 때문이다.

  마리사는 병사들을 돌아보며 소리쳤다.

  "이대로 시간을 끈다! 최대한 버텨라!"

  "Sir, yes Sir!"

  그들은 여유로운 미소를 보이며 우렁차게 대답했다.

  그 무렵.

  현성은 투명화 마법으로 군사기지에 잠입한 후 돌아다니
고 있는 중이었다.

  "윽!"

  털썩.

  현성은 조금이라도 아군에게 도움이 되기 위해, 방해가 되
는 러시아 병사를 기절시키며 지하로 내려가는 통로를 찾고
있었다.

  '여기도 아니군.'

  세 번째 건물에서 나오며 현성은 고개를 흔들었다.

  이번 작전의 요지는 간단했다.

미군 기계화 병사들이 러시아 비밀 군사기지를 흔든다.

그 틈을 타, 현성이 기지 내에 잠입해서 디멘션 게이트가 있는 연구소 안으로 돌입하는 것이다.

그 때문에 기계화 병사들은 최대한 시간을 벌 생각이었다. 그리고 지금 현재까지는 비교적 대등하게 군사기지의 병사들과 싸우고 있었다. 아니, 기계화 병사들이 공성전에 들어가자 오히려 군사기지의 병사들이 쩔쩔매는 상황이었다.

바리케이드를 치고 버티는 그들의 방어력이 매우 높았기 때문이다.

그 덕분에 현성은 러시아 비밀 군사기지를 자유롭게 휘젓고 다녔다.

'여기는……'

어느덧 군사기지의 뒤편에 도달한 현성은 반색했다.

기지 뒤편에는 전화박스 같은 건물이 홀로 덩그러니 서 있었다. 전화박스보다 약 다섯 배 정도 커 보이는 크기.

그리고 입구에는 출입금지 팻말과 함께 손잡이를 쇠사슬로 칭칭 감아서 자물쇠로 잠가놓았다.

무언가 비밀스러운 게 숨겨져 있다는 느낌이 팍팍 들었다.

서컥!

현성은 윈드 커터 마법으로 단숨에 쇠사슬과 자물쇠를 잘라냈다.

덜컹!

입구를 열자 놀랍게도 엘리베이터가 모습을 드러냈다.

"흠. 확실히 이곳이 맞나 보군."

기지 뒤편에 홀로 서 있는 건물은 1층 높이밖에 되지 않는다.

눈앞에 있는 엘리베이터가 공중 부양을 할 수 있다거나 로켓이 아닌 이상 하늘로 솟구칠 리는 없을 테니, 지하로 내려갈 터.

현성은 엘리베이터의 버튼을 찾아 눌렀다.

위이이잉.

그러자 버튼 위에서 신분을 확인하기 위한 지문 감식 창치가 수줍게 고개를 내밀었다.

―신분 확인을 위해 손바닥을 대어주십시오.

"그런 거 없는데."

―10초 이내로 대어주십시오.

"그런 거 없다니까."

콰앙!

현성은 라이징 임팩트로 지문 감식 장치를 날려버렸다.

"하여간 하나같이 연구소라는 곳은 일일이 신분 확인하려든단 말이야. 귀찮게."

오른손을 탁탁 털며 한차례 투덜거린 현성은 엘리베이터를 노려봤다.

"그럼 어디 가볼까."

현성은 씩하고 미소를 지었다.

투콰아아아아앙!

잠시 후, 지상 위에 우뚝 서 있던 엘리베이터는 흔적도 없이 사라졌다.

단지, 지하로 내려가는 거대한 구멍이 있을 뿐.

현성은 주저 없이 구멍 안으로 뛰어내렸다.

한참을 내려가던 현성의 눈에 서서히 바닥이 보이기 시작했다.

"플라이."

현성은 공중 부양 마법을 시전하며 안전하게 바닥에 착지했다. 그리고 고개를 들자 엘리베이터와 연결된 금속 문이 보였다.

"자이언트 너클(Giant Knuckle)."

현성이 4클래스 마법을 시전하자 마나로 이루어진 거대한 주먹이 눈앞에 나타났다.

쾅! 쾅!

자이언트 너클은 사정없이 금속 문을 후려쳤다.

투칵!

몇 번을 그렇게 후려치자 금속 문이 나가떨어지며 밝은 빛이 비쳐 들어왔다.

현성은 밝은 빛 속으로 발걸음을 옮겼다.

"여기가 지하 연구소인가."

하얀빛이 감도는 긴 복도.

그곳을 걸으며 현성은 앞으로 나아갔다.

위이이이잉!

그때 현성의 눈앞에 두터워 보이는 방화철문이 천장에서 내려오기 시작했다.

거기다 내려오는 방화철문은 하나가 아니었다.

현성의 바로 앞에서 내려오는 방화철문 너머에 적어도 2, 3개 정도 되는 철문이 내려오는 소리가 들려왔던 것이다.

"대처가 빠르군."

현성은 살짝 입꼬리를 말아 올렸다.

아직 지하 연구소에 잠입한지 1분도 채 지나지 않았는데 벌써 격리 조치가 취해지고 있었다.

갑작스럽게 나타나 지상에서 날뛰고 있는 기계화 병사들 때문에 지하 연구소도 분명 혼란스러울 텐데도 말이다.

"하지만 부질없는 짓이지."

현성은 두터운 방화철문을 바라보며 코웃음을 쳤다.

그리고 오른손을 방화철문을 향해 들어올렸다.

여덟 개의 마나서클이 맹렬하게 회전을 시작한다.

강렬한 마나의 기운이 현성을 중심으로 동심원을 그리며 퍼져 나가고 있었다.

"헬파이어(Hell Fire)"

투화아아아악!

현성의 오른손에서 붉은색 마법진이 전개되더니 지옥의 업화가 뿜어져 나왔다.

마치 화염방사기처럼 뿜어져 나오는 검붉은 화염!

지옥의 업화에 버티지 못한 방화철문은 엿가락처럼 녹아 내렸다.

"이 정도면 되겠지."

현성은 헬파이어를 거둬들였다.

헬파이어는 한 번에 3개나 되는 방화철문을 꿰뚫었다.

현성은 거대하게 구멍이 뚫린 방화철문을 통과하며 복도를 전진했다.

"이런, 아직 하나가 더 남아 있었나."

눈앞에 방화철문 하나가 더 남아 있었다.

하지만 붉게 가열된 모습을 보니 작은 충격에도 금방 부서질 것 같았다.

"메테오 임팩트(Meteor Impact)."

현성은 메테오 임팩트를 시전하며 방화철문을 향해 주먹을 휘둘렀다.

콰아아앙!

방화철문이 박살이 나며 커다란 구멍이 뚫렸다.

그 직후,

타타타타탕!

5.56mm의 흉탄이 적을 찢어발기기 위해 쇄도해 온다.

방화철문을 뚫은 직후에 들어온 기습 공격.

갑작스러운 공격에 현성은 한국 지부에서 지급받은 검은색 코트 자락을 허공에 흩날렸다.

팅! 팅팅팅!

5.56mm 소총탄들은 현성의 검은색 코트를 뚫지 못하고 이리저리 튕겨 나갔다.

현성이 지급받은 검은색 코트는 전설급에 가까운 아티팩트였다. 그 자체만으로도 방탄능력을 가지고 있으며, 갖가지 보호 마법이나 보조 마법이 걸려 있었다.

"훈련이 잘되어 있군."

사격이 끝나자 현성은 씩 웃으며 전방을 노려봤다.

"괴, 괴물······!"

눈앞에 러시아 병사로 보이는 자들이 경악한 눈으로 이쪽을 보는 모습이 보인다.

'레이포스 액티베이션(Rayforce Activation)!'

현성은 신체강화술을 활성화시키며 러시아 병사들을 향해 달려들었다.

한 줄기 빛살처럼 달려든 현성은 가장 가까이에 있는 병사의 명치에 주먹을 꽂아 넣었다.

퍼억!

"끄아악!"

병사는 비명을 지르며 복도 천장까지 튕겨졌다가 떨어져

내렸다.

흰자위를 드러내고 입에서 게거품을 물고 있지만 죽지는 않았다. 현성이 손속에 정을 둔 것이다.

"이, 이런 말도 안 되는…….."

러시아 병사들은 눈을 부릅뜨고 현성을 바라봤다.

대체 저 작은 체구에서 건장한, 그것도 완전 무장한 병사를 날려버릴 힘이 나온단 말인가?

"아직이야."

현성은 재빠르게 옆으로 이동하며 다음 병사에게 다가갔다.

"우, 우아아아악!"

타타타타탕!

병사는 현성을 향해 AK-12 돌격소총을 겨누고 총탄을 쏴갈겼다.

'블링크(Blink).'

하지만 현성은 단거리 공간 이동 마법으로 눈 깜짝할 사이에 병사의 머리 위로 모습을 드러냈다.

쿠웅!

"크헉!"

현성은 방탄헬멧을 쓰고 있는 병사의 정수리를 발뒤꿈치로 내려찍었다.

그러자 방탄헬멧에 방사형으로 금이 살짝 갔으며, 병사는 외마디 비명과 함께 바닥에 쓰러진 후 미동도 하지 않았다.

뚜두둑, 뚜두둑!

"그럼 네놈들은 어떻게 쓰러트려 줄까?"

손가락을 풀며 현성은 아직 남아 있는 다섯 명의 러시아 병사들을 향해 씩 미소를 지어보였다.

* * *

"흠……."

인천역사유물박물관 관장실.

그곳에서 서진철 관장은 침음성을 길게 내뱉었다.

"설마 이 상황에서 협회장으로부터 연락이 올 줄이야."

마법 협회 회장!

그는 마법 협회 내부에서 신비로운 인물로 통한다.

아니, 실제로 존재하는지 안하는지조차 불투명한 인물이었다.

나이, 성별, 이름 등등 무엇 하나 알려진 게 없었으니까.

그런데 그로부터 서신이 한 장 도착했다.

요즘 같은 정보화 시대에 컴퓨터나 스마트폰으로 메일이 온 게 아니라 양피지에 글이 적혀있는 편지가 날아온 것이다.

'가짜인가?'

그럴 수도 있었다.

마법 협회의 회장에 대해 자세히 알고 있는 인물은 몇 안

될 테니까.

하지만 서진철 관장은 고개를 저었다.

분하지만 서신에 깃들어 있는 마력은 자신을 능가했다.

'이런 터무니없는 마력은 현성 군 이후로 처음이로군.'

서진철 관장은 날카로운 눈으로 서신을 노려봤다.

믿을 수 없게도 서신에는 마나가 깃들어 있으며, 그 양 또한 어마어마했다.

현성 정도는 되어야 이런 마나량을 주입할 수 있지 않을까?

"정말 회장으로부터 온 서신이라면 대체 무슨 일이지?"

존재조차 불투명한 회장으로부터 날아온 서신이다.

분명 자신에게 무슨 중요한 용무가 있는 것이리라.

서진철 관장은 마법 협회 회장이 보낸 서신을 읽어 내려가기 시작했다.

"이, 이것은······!"

서신의 내용을 확인한 서진철 관장은 놀란 표정을 지었다.

"때가 되었다는 말인가!"

강직한 얼굴이던 그의 표정이 사정없이 흔들렸다.

서진철 관장은 진심으로 굉장히 놀라고 있었다.

그만큼 양피지에 적혀 있는 내용이 터무니없었기 때문이다.

'사해문서에 기록된 날이 다가왔다고? 이 무슨 말도 안 되는······.'

서진철 관장은 경악했다.

양피지에는 놀랍게도 사해문서에 대한 내용이 언급되어 있었다.

사해문서에 기록되어 있는 그날.

그 말은 곧······.

"대규모의 팬텀이··· 이쪽 세계로 넘어온단 말인가!"

주먹을 말아 쥔 서진철 관장의 팔이 부들부들 떨려온다.

대규모 팬텀의 공습이라니!

"······."

서진철 관장은 굳은 표정으로 서신을 노려봤다.

그리고 세계 각지의 마법 협회 지부장들 역시 서진철 관장처럼 놀라고 있었다.

마법 협회 회장이 보낸 서신은 서진철 관장뿐만이 아니라 전세계에 흩어져 있는 마법 협회 각 지부에게 보내졌던 것이다.

서신의 내용은 한결 같았다.

사해문서에 기록된 날이 머지않았다.

그러니 속히 지부 내의 모든 전력을 이끌고 이라크로 오라고.

"이라크에··· 가봐야겠군."

서진철 관장은 얼굴을 찌푸리며 중얼거렸다.

제 7 장
사해문서에 기록된 날

터벅터벅.

러시아 비밀 군사기지의 지하에 잠입한 현성은 러시아 병사들을 제압하고 계속 발걸음을 옮기고 있었다.

"끝인가."

복도 끝에 도착하자 아래로 내려가는 계단이 보였다.

현성은 계단으로 향했다.

얼마나 계단을 따라 내려갔을까.

계단 끝에 다다른 현성의 눈앞에 사각형의 공간이 펼쳐졌다.

사각형 공간의 좌우와 정면에는 복도가 연결되어 있었다.

정면 복도 옆에 안내데스크 같은 게 있는 것으로 보아 이곳이 지하 비밀 연구소의 로비인 모양이었다.

"아무도 없군."

평소에는 수많은 사람이 돌아다녔을 로비는 조용했다.

연구원도 없었고, 경비를 서고 있는 병력도 없었다.

"그래도 가보는 수밖에."

현성은 로비를 지나 정면 복도에 들어섰다.

기이이잉!

"……!"

그때, 현성의 귀에 기계음이 돌아가는 소리가 들려왔다.

현성은 자리에 멈춰서며 주변을 살폈다.

철컥철컥!

돌연 복도 천장과 벽에서 총구가 튀어나오는 게 아닌가?

푸슈우우웅!

모습을 드러낸 총구에서 붉은색 레이저가 쏟아져 나왔다.

"흠."

현성은 몸을 이리저리 살짝살짝 틀며 종이 한 장 차이로 붉은 빛줄기들을 피해냈다.

하지만 무수하게 쏟아지는 수많은 레이저들 때문에 피하는 것도 갈수록 힘들어져 갔으며, 무엇보다 반격의 틈이 보이지 않았다.

"리플렉션(Reflection)."

현성은 7클래스 반사 마법을 시전했다.

그러자 거울같이 생긴 반사막이 현성의 앞에 나타났다.

콰콰콰쾅!

반사막은 레이저들을 다시 되돌렸다.

레이저 총구들은 자신들의 공격에 되려 자신들이 당하는 기가 막히는 반격을 당하고 부서져 나갔다.

순식간에 파훼되어 가는 레이저 총구들.

그럼에도 완전히 파괴되지 않고 남은 총구들은 현성이 직접 파괴했다.

"끝났군."

눈 깜짝할 사이에 모든 레이저 총구를 처리한 현성은 바지 밑단에 살짝 묻어 있는 그을음을 탁탁 털어냈다.

위이이잉.

그때, 현성은 복도 바닥의 일부가 좌우로 열리는 모습을 봤다.

"아직 무언가가 더 남아 있는 건가?"

잠시 후, 열린 복도 바닥문을 통해서 무언가가 올라오기 시작했다.

─으으으으으으으!

복도 전체를 진동시키는 괴생명체의 울음소리!

"……."

복도에 등장한 괴생명체를 본 현성은 눈살을 찌푸렸다.

그리고 조금씩 현성의 얼굴에 미미한 분노가 어리기 시작했다.

"인간을 베이스로 팬텀 세포를 이식한 키메라인가?"

키메라의 전반적인 모습은 인간에 가까웠다.

단지, 상체가 비정상적으로 컸으며 전신에서 검은 연기 같은 것이 흘러나오고 있다는 점이 특이할 뿐.

─으오오오오!

순간 키메라가 괴성을 지르더니 두 팔을 높이 치켜들고 주먹으로 바닥을 내려쳤다.

콰아앙!

키메라를 중심으로 거미줄같이 생긴 금이 방사형으로 쩌저적 갈라졌다.

키메라 나름의 적에게 위압감을 주기위한 행동이었다.

"웃기는군."

키메라의 행동에 현성은 피식 웃었다.

그리고 바닥을 박차며 키메라를 향해 달려들었다.

으워?

현성의 돌진에 키메라는 의아한 표정을 지었다.

그 모습을 보아 나름대로 지능이 있어 보였다.

키메라의 지척까지 다가간 현성은 주먹을 내뻗었다.

그러자 키메라는 재빠르게 거대한 팔을 교차시켰다.

"라이트닝 임팩트(Lightning Impact)!"

콰앙! 파지지직!

그 위로 현성의 4클래스 마법이 작렬했다.

―크오오오오!

키메라는 비명 같은 괴성을 질렀다.

비록 본능적인 위기감을 느끼고 현성의 공격을 막아냈지만, 라이트닝 임팩트는 강력한 전격을 상대에게 강타하는 공격 마법이다.

아무리 가드를 한다고 해도 단순히 팔을 교차시키는 것만으로는 전격 마법을 막을 수 없었다.

파지지직!

키메라의 몸 위로 샛노란 스파크가 뛰어다닌다.

라이트닝 임팩트의 전격에 키메라는 잠깐 마비 상태에 빠졌다. 그리고 그것은 현성에게 있어 아주 좋은 공격 타이밍을 제공한다.

7개의 마나서클이 맹렬히 회전하며 현성의 오른손이 하얗게 빛이 난다.

"메테오 임팩트(Meteor Impact)."

현성은 6클래스 마법 메테오 임팩트를 시전하며 키메라를 향해 정권을 찔러 넣었다.

투콰아아앙!

어마어마한 굉음이 복도를 뒤흔들었다.

온몸이 마비된 상태에서 정통으로 들어간 일격이다.

아무리 온몸이 근육질로 이뤄진 키메라라고 해도 무사하지 못하리라.

"끝났군."

현성은 폭발로 수 미터 나가떨어진 채 폭염에 휩싸여 불타오르고 있는 키메라를 향해 발걸음을 옮겼다.

키메라가 나가떨어진 방향이 복도 출구 쪽이었기 때문이다.

쿵!

그때, 죽은 줄로만 알았던 키메라가 오른손을 들어 올리더니 바닥을 내려쳤다.

그리고 믿을 수 없게도 천천히 자리에서 일어났다.

─크오오오오오오오오오!

"윽."

귀가 찢어질 것 같은 괴성이 키메라에게서 울려 퍼졌다. 그 강렬한 괴성을 지르며 불타오르는 붉은 화염 속에서 키메라가 모습을 드러냈다.

"피해를 입지 않은 건가?"

놀랍게도 키메라는 표면에 그을음만 묻었을 뿐, 멀쩡해 보였다.

스으으윽.

그리고 키메라의 전신에서 검은 연기가 흘러나왔다.

얼마 지나지 않아 키메라의 모습은 흐릿해졌다.

쿵쿵쿵!

그 상태로 키메라는 현성을 향해 달려오기 시작했다.

"이레이저(Eraser)."

현성은 키메라를 향해 3클래스 빛 속성 공격 마법을 날렸다.

번쩍!

현성의 손끝에서 백색 섬광이 번뜩였다.

스슥!

하지만 그 공격을 키메라가 피해 버리는 게 아닌가?

"멀티 이레이저 (Multi Eraser)."

현성은 이레이저의 강화판인 5클래스 멀티 이레이저 마법을 시전했다.

즈즈즈즹!

현성의 주변에 떠오른 여러 개의 작고 하얀 마법진.

현성은 가볍게 키메라를 향해 손짓했다.

번쩍!

그러자 키메라를 향해 수많은 백색 섬광이 날아들었다.

슈아아아악!

백색 섬광들이 복도를 하얗게 물들이고 공기를 불태우며 키메라를 향해 쇄도한다.

백색 섬광은 그 자체만으로도 초고열 에너지다.

살짝 스친 부분이 사라질 정도다.

그리고 좁은 복도 안을 가득 채우며 쇄도하는 백색 섬광을 2미터가 넘는 키메라의 거구가 피할 수 있을 리 없었다.

남은 건, 하얀 섬광에 지워지듯 사라지는 것뿐.

하지만……

스으윽.

백색 섬광은 말 그대로 키메라를 통과했다.

그리고 백색 섬광을 통과 시킨 키메라는 검은 연기를 흩날리며 현성의 코앞까지 다가와 있었다.

—크오오오오!

키메라는 일반 성인보다 다섯 배 이상 두꺼워 보이는 거대한 팔을 현성을 향해 다짜고짜 휘둘렀다.

"쯧."

현성은 혀를 차며 몸을 아래로 숙여 피해냈다.

설마 회심의 일격을 두 번이나 피해내고 버텨낼 줄이야!

"라이트닝 임팩트(Lightning Impact)!"

현성은 전격을 휘감은 손을 키메라를 향해 찔러 넣었다.

스윽!

"……!"

하지만 이번에도 멀티 이레이저 때처럼 그저 통과할 뿐이었다. 최초의 일격 이후, 키메라가 현성에게 위기감을 가졌기 때문에 공격을 허용하지 않고 있었다.

그리고 현성은 가까이에서 키메라의 상태를 보고 얼마 전 있었던 일을 떠올렸다.

"이건 유리의……."

그랬다. 키메라의 능력은 얼마 전 싸웠던 유리와 비슷해 보였다.

모든 공격을 통과 시켜버리는 궁극의 회피기, 섀도우 스모크(Shadow Smoke)와.

─크오오오오오!

키메라는 현성의 바로 눈앞에서 양팔을 들어올렸다.

그대로 현성을 내려칠 기세였다.

"블링크(Blink)!"

현성은 다급하게 단거리 공간이동 마법으로 거리를 벌렸다.

한 박자 늦게 키메라의 양팔이 조금 전 현성이 있던 자리를 내려쳤다.

콰콰쾅!

굉음과 함께 박살이 나는 복도의 바닥.

순간,

새애액! 쾅! 콰쾅! 콰콰쾅!

공기를 가르는 파공성이 나는가 싶더니 키메라가 있던 자리에서 폭발이 일어났다.

블링크로 키메라의 공격을 피한 직후, 현성이 3클래스의 다양한 속성 공격 마법을 시전했던 것이다.

불, 바람, 물, 땅의 속성을 가진 랜스를 연달아 소환해 날린 현성은 폭발로 생긴 화염과 먼지가 피어오르고 있는 전방을 주시했다.

"먹혔나?"

쿵!

―크오오오오!

폭심지의 중심부에서 방사형으로 바람이 몰아쳤다. 화염과 먼지를 헤치고 키메라가 나타났다.

키메라는 붉게 빛나는 눈으로 현성을 노려봤다.

별다른 타격은 없어보였지만, 화가 났다는 사실만큼은 잘 알 수 있었다.

"이번에도 마찬가지인가."

현성은 눈살을 찌푸렸다.

여러 차례 공격을 가하고 있지만, 그때마다 통과시키고 있으니 제대로 된 데미지를 입힐 수 없었다.

'일시적으로 다른 공간으로 피신했다가 다시 돌아오는 건가? 아니면……'

현성은 키메라를 살피듯 관찰했다.

지금 키메라에게서 흘러나오고 있는 검은 연기.

분명 저 연기에 공격을 통과시키는 비밀이 있으리라.

"유리와 같다면 공간계열 공격은 통하겠지. 우선은 이쪽 공간에 고정시켜 주마."

현성은 자세를 낮추며 키메라를 향해 손을 내밀었다.

"체인 그래비티(Chain Gravity)!"

쿠웅!

현성이 마법을 시전한 순간 키메라의 몸이 휘청거렸다.

8클래스 중력 포박 마법, 체인 그래비티.

중력 사슬로 적을 꼼짝도 못하게 잡는 마법이다.

—으으으으으!

키메라는 괴성을 지르며 자리에서 무너졌다.

"이제 다른 공간으로 도망칠 수 없겠지."

현성은 키메라를 노려보며 말했다.

강력한 중력 사슬로 이쪽 세계에 붙잡아두고 있는 이상, 다른 공간으로 도망칠 수 없을 터.

"안녕이다, 괴물."

현성은 오른손을 치켜들었다.

이미 다음 마법은 준비가 끝났다.

"플레어(Flare)."

현성의 오른손에서 초고온의 화염이 키메라를 향해 쇄도했다.

—크아아아아악!

7클래스 화염 마법을 정통으로 맞은 키메라의 비명이 복도 전체에 울려 퍼졌다.

하지만 키메라는 피할 수 없었다.

중력으로 이루어진 사슬에 온몸이 묶여 움직일 수 없었으니까.

얼마 지나지 않아 키메라는 하얀 재가 되었다.

"후."

털썩.

키메라를 쓰러트린 현성은 복도 벽에 등을 기대며 주저앉았다. 키메라를 상대하면서 연달아 마법을 너무 많이 쓴 것이다.

잠시 몸을 추스른 현성은 자리에서 일어났다.

그리고 다시 지하 비밀 연구소로 내려가기 위해 발걸음을 옮기기 시작했다.

*   *   *

"상황은?"

끊임없이 총성이 들려오는 러시아 비밀 군사기지.

그 중심에서 마리사는 자신의 오른팔 격인 존 카터 소령에게 질문을 던졌다.

"두 명이 부상을 입었지만 가벼운 찰과상 정도입니다. 그 외에는 무사합니다."

"탄약은?"

"아직 25% 정도는 남아 있습니다."

"좋아."

존 카터 소령의 말에 마리사는 만족스러운 미소를 지었다.

중반쯤에는 몰려나오기 시작한 기지 병력에 밀리는 감이 없잖아 있었지만, 농성전을 벌이면서 한 명 한 명 상대하다 보니 지금은 그들이 유리해진 상황이었다.

"적들을 소탕하고 나면 현성의 뒤를 쫓는다. 알겠나?"

"Sir. Yes, sir!

마리사의 외침에 병사들이 우렁찬 목소리로 대답했다.

그 순간.

─아우우우우우우──!

어디선가 늑대의 울음소리가 들려왔다.

"뭐지?"

갑작스럽게 들려온 소리에 그들은 주위를 살폈다.

"크악!"

"괴, 괴물이… 으아악!"

"사, 살려줘!"

그런 기계화 병사들의 귀에 조금 전까지 신 나게 서로 총질하고 있던 러시아 병사들의 비명 소리가 터져 나왔다.

"저건……."

그때, 마리사의 눈에 붉은 광점이 보였다.

어둠 속에서 붉은 궤적으로 그리며 이쪽을 노려보며 움직이는 붉은 광점.

스윽.

잠시 후, 그것들은 하얀 달빛 아래 모습을 드러냈다.

"으음… 생물병기인가."

그것들은 기본적으로 네발 달린 짐승일 터였다.

그리고 굳이 분류하자면 늑대에 가깝게 생겼다.

하지만…….

—크르르!

그것들은 두 발로 서 있었다.

키도 3미터는 되어 보였으며, 붉은 눈은 광기로 번뜩인다.

"라이칸스로프라도 만들었단 말인가?"

마리사는 어처구니없는 웃음을 흘렸다.

그것들의 모습은 전설로만 들어왔던 영락없는 늑대인간이
었다.

—크아아아앙!

이윽고 늑대인간들이 기계화부대를 향해 달려들었다.

"전원 사격!"

타타타탕!

마리사의 명령에 기계화 병사들은 개인화기를 겨누며 사
격을 개시했다.

그들이 가지고 있는 총구에서 불이 뿜어져 나오며 5.56mm
총탄이 파공성을 내며 늑대인간들을 향해 날아든다.

픽! 퍼픽!

탄환은 어김없이 명중했다.

하지만 늑대인간들은 몇 번 움찔거렸을 뿐, 손과 발을 땅바닥에 짚으며 네발짐승처럼 빠르게 기계화 병사들을 향해 뛰어갔다.

"그레네이드(Grenade)!"

총탄에 개의치 않고 늑대인간들이 달려들자 마리사가 비명처럼 소리쳤다.

그러자 병사 중 일부가 파쇄수류탄의 안전핀을 뽑고 늑대인간들을 향해 집어 던졌다.

쾅! 콰쾅!

─캥! 캐캥!

5.56mm 총탄은 무시하고 달려오던 늑대인간들도 파쇄수류탄만큼은 무시할 수 없었는지 주춤거렸다.

"계속 던져!"

파쇄수류탄이 효과가 있자, 병사들은 각종 수류탄들을 집어 던졌다.

소이수류탄부터 시작해서 가스수류탄까지.

─아우우우!

그 때문에 늑대인간들은 기계화 병사들의 지근거리까지 다가왔다가 물러나기 시작했다.

"포기한 건가?"

"아니요. 거리를 두고 이쪽을 관찰하고 있습니다."

늘대인간들은 어슬렁거리며 그들을 노려보고 있었다.

마치 먹이를 앞에 두고 눈치를 살피는 모양새다.

하얀 달빛 아래 붉은 눈을 번득이는 그들을 보고 있자니 포기할 생각은 없어 보였다.

"대체 어디서 저런 게 나타난 거지?"

"근처에 있을 러시아 비밀 연구소겠죠."

"역시 그렇겠지?"

"예."

마리사는 늘대인간들을 노려보며 눈살을 찌푸렸다.

"다음 공격이 오기 전까지 보급 및 방어진을 준비해 둬야겠군."

마리사는 병사들과 함께 러시아 비밀 군사기지의 무기고를 향해 이동을 시작했다.

물론 생물병기로 여겨지는 늘대인간들을 견제하면서.

＊　　　＊　　　＊

"흠……."

현성은 주위를 둘러보며 생각에 잠겼다.

키메라를 쓰러트린 후, 계속 이동하며 밑으로 내려오는 동안 러시아 병사들과 몇 번 싸웠고, 다양한 종류의 키메라도 몇 마리 더 쓰러트렸다.

그러면서 상당히 깊은 지하로 내려왔다.

하지만 아직까지 비밀 연구소 소장이라는 이반 알렉산드로비치 이바노프는커녕 연구원 한 명을 보지 못했다.

'그리고 유리도.'

이제 슬슬 최하층까지 다 와가는 상황.

그런데도 여전히 그들을 볼 수 없다니?

"대체 무슨 생각을 가지고 있는 거지? 이반 알렉산드로비치 이바노프."

상황이 어찌되었든 현성은 계속 전진하는 수밖에 없었다.

현성의 목적은 지하 연구소의 제압 및 디멘션 게이트의 회수. 직경이 10미터가 넘는 디멘션 게이트라 혼자서는 회수할 수 없을 것 같지만, 현성은 8클래스를 마스터한 마법사다.

아공간을 이용하면 간단한 일이었다.

탁!

한창 생각에 잠긴 채 발걸음을 옮기고 있던 현성은 자리에서 멈춰 섰다.

어느덧 복도 끝에 다다른 것이다.

그리고 눈앞에는 실험실 입구가 있었다.

디멘션 게이트가 있는 장소로 추정되는 최하층 실험실.

현성은 실험실 입구를 향해 손을 내밀었다.

"익스플로전(Explosion)."

콰아아아앙!

실험실 입구에서 폭발이 일어나더니 두터운 강철 문이 내동댕이쳐졌다.

실험실 안쪽으로 강철 문과 폭염이 몰아쳤다.

현성은 시원하게 뚫려 있는 입구를 지나 실험실 안으로 들어섰다.

실험실 내부는 상당히 넓었다.

적어도 백 평은 넘어 보이는 크기였으니까.

"……."

실험실 내부를 확인한 현성은 눈살을 찌푸렸다.

나탸샤 박사의 말에 의하면 바로 이곳에 디멘션 게이트가 있을 터.

하지만…….

"디멘션 게이트는 대체 어디에 있는 거지?"

없었다.

그 어디에도 디멘션 게이트로 보이는 물체는 보이지 않았다.

삑!

바로 그때, 현성의 귀에 무언가 작동되는 소리가 들렸다.

그제야 현성은 실험실 안에 가득 들어차 있는 물체를 바라봤다.

"이건 설마…….."

실험실 안에 세로로 가득히 세워져 있는 원통형 물체.

그 안에서 미세하게 규칙적으로 들려오는 디지털 소리.

"젠장!"

현성은 실험실 안에 가득 차 있는 물체의 정체를 알아차렸다.

그리고 방어 태세를 잡는 순간!

콰아아아아아아아앙!

천지를 뒤흔드는 소리가 실험실 내부에서 울려 퍼졌다.

물론 소리뿐만이 아니었다.

그 뒤를 이어 강렬한 화염 폭풍이 실험실 안에서 휘몰아쳤다. 실험실 안에 가득 있던 폭탄들이 한순간에 기폭하며 어마어마한 대폭발을 일으킨 것이다.

그 폭심지의 바로 옆에 있던 현성은 눈 깜짝할 사이에 화염에 휩쓸리고 말았다.

  *   *   *

러시아 비밀기지 지하에 있는 디멘션 게이트 연구소로부터 약 2킬로미터 정도 떨어진 이라크 정부군 임시 기지.

지상에 공장으로 보이는 거대한 건물이 세워져 있었으며, 컨테이너로 지어진 임시 건물이나 막사들이 옹기종기 모여 있었다.

거대한 공장 같은 건물 내부.

약 백 평은 족히 되는 그곳에 하얀 가운을 걸친 인물들 수십 명이 바쁘게 오가고 있다.

그리고 그 중심에는 직경 10미터에 달하는 거대한 원형 물체가 누워 있었다.

디멘션 게이트.

지하 연구소에서 현성이 찾으려고 했던 디멘션 게이트가 바로 이곳에 있었던 것이다.

"이반 박사님. 물고기들이 미끼를 물었답니다."

"흥, 멍청한 놈들."

디멘션 게이트 앞에서 50대 초반으로 보이는 턱수염이 덥수룩한 사내가 연구원의 보고에 코웃음을 쳤다.

그가 바로 비밀 연구소의 총 책임자인 이반 알렉산드로비치 이바노프 박사로 더미 연구소를 준비한 장본인이었다.

현성이 제압했던 연구소는 눈속임용이었던 것이다.

마치 진짜처럼 보이도록 조작해 놓은.

애초에 그렇게 보이도록 이반 알렉산드로비치 이바노프 박사는 조치를 취해놓았다.

연구소를 지키는 러시아 병사들과, 키메라를 비롯한 생물 병기를 남겨 놓았으니까.

그것들을 보고 더미라는 생각은 아무도 하지 못했을 것이다.

어디 그뿐인가?

이반 박사는 침입자들을 위해 커다란 선물을 준비해 두었다.

"그놈들 표정을 보지 못한 게 아쉽군."

이반 박사는 입가에 비웃음을 띠우며 턱수염을 쓰다듬었다.

분명 침입자들은 자신이 준비한 온갖 고난과 역경을 이겨내고 디멘션 게이트가 있는 최하층 지하 실험실에 도달했을 것이다.

하지만 그들을 기다리고 있는 것은 디멘션 게이트가 아니라 자신이 준비한 어마어마한 양의 폭탄.

그것을 보고 절망에 빠진 그들 앞에서 폭탄은 화려하게 폭발할 것이다.

분명 지하 연구소뿐만이 아니라 러시아 비밀 군사기지까지 날아가 버렸으리라.

'하지만 디멘션 게이트만 무사하면 문제없지.'

이반 박사는 기분 나쁜 미소를 지어보였다.

그리고 옆에 있는 연구원에게 입을 열었다.

"주제도 모르는 벌레들이 불에 다가가면 어떻게 되는 줄 아나?"

"그야 타 죽겠죠."

"그렇지. 그러니 자기 주제를 알아야 하는 법이야. 알겠나? 유리 안젤리나 미하일로바."

이반 박사는 고개를 뒤로 돌렸다.

그곳에 허리까지 내려오는 긴 은색 머리카락과 호수같이 맑은 푸른 눈동자를 가진 소녀가 있었다.

"예. 닥터 이바노프."

유리는 이반 박사의 말에 무표정한 얼굴로 고개를 숙였다.

공원에서 현성과 함께할 때와는 전혀 다른 모습이었다.

"쓸데없는 생각은 하지 않는 게 좋을 거야."

이반 박사는 날카로운 눈빛으로 유리를 노려보며 말했다.

그 말에 고개를 숙이고 있던 유리의 눈가가 파르르 떨렸다.

"예. 이바노프 박사님."

"흥."

이반 박사는 유리의 대답에 고개를 돌렸다.

불과 얼마 전까지만 해도 디멘션 게이트는 현성이 제압한 연구소에 확실히 있었다.

하지만 나타샤가 미국의 손에 넘어간 후, 이반 박사는 디멘션 게이트를 다른 곳으로 빼돌렸다.

'나타샤, 그 계집은 내가 모를 줄 알고 있었겠지.'

이반 박사는 의미심장한 미소를 지었다.

그는 나타샤의 불미스러운 동향에 대해 알고 있었다.

그 때문에 한동안 그녀가 무슨 짓을 하는지 예의주시했다.

그러다 그녀가 디멘션 게이트의 이동 정보를 빼낸 것을 알아차렸다. 그 정보는 연구소의 고위 간부급밖에 모르는 기밀 정보였다.

하지만 이반 박사는 모른 척했다.

언젠가 나타샤가 알아낸 정보를 역이용할 생각이었던 것이다. 그리고 지금 그것은 멋지게 성공했다.

디멘션 게이트를 회수하기 위해 슬금슬금 기어들어온 미국의 침입자들을 한 번에 일망타진을 했으니 말이다.

이제 남은 건 디멘션 게이트를 안전한 장소로 옮기는 것뿐이었다.

하지만 이동하기까지 걸리는 시간이 아까웠다.

이반 박사는 1분 1초라도 디멘션 게이트를 연구하고 싶었다.

그래서 지금 임시로 만든 건물 안에서 디멘션 게이트를 가동시키기 위한 실험을 준비하고 있었다.

"에너지 변동률은?"

"허용 범위 이내입니다."

"좋아."

이반 박사는 옆에서 대답한 연구원의 말에 만족스러운 미소를 지으며 고개를 끄덕였다.

"가동시켜."

이반 박사는 디멘션 게이트에 붙어 있는 연구원들에게 명령을 내렸다.

그러자 연구원들은 분주하게 움직이며 디멘션 게이트에

붙어 있는 기기들을 확인했다. 그리고 임시로 설치한 콘솔 데스크에서 오퍼레이터들이 가동 준비에 들어갔다.

"에너지 주입 개시."

"차원 변동률 안정."

"공간 고정을 확인했습니다."

여기저기서 오퍼레이터의 보고가 날아들었다.

"웜홀 출현까지 앞으로 10초!"

한 여성 오퍼레이터의 보고에 연구원들은 술렁거렸다.

앞으로 10초 후, 차원 게이트가 열리는 것이니까.

"3, 2, 1! 웜홀 출현합니다!"

슈아악.

오퍼레이터의 말이 끝나기가 무섭게 디멘션 게이트 내부에서 심연 속 어둠과 같은 물질이 가득 채워졌다.

마치 우주에 존재한다는 암흑물질(Dark Maatter) 같았다.

"디, 디멘션 게이트! 가동 완료했습니다."

"오오오."

오퍼레이터의 보고에 연구원들은 감탄성을 터트렸다.

그리고 건물 내부에서 만일의 사태에 대비해 대기 중이던 러시아 병사들도 긴장반, 놀라움반의 표정으로 디멘션 게이트를 바라봤다.

벌써 몇 번을 본 것이지만, 다른 차원과 이어지는 디멘션 게이트의 가동 모습은 언제나 놀라움 그 자체였다.

디멘션 게이트를 잘만 연구한다면 직경 10미터의 구멍을 통해 다른 세계로 갈 수 있으니 말이다.

위잉! 위잉!

그때, 건물 내부에서 붉은빛이 번쩍이며 경고음이 울려 퍼졌다. 그 뒤를 이어 오퍼레이터의 다급한 목소리가 들려왔다.

"질량 검출을 확인!"

"……!"

그 말에 건물 안에 있던 모든 사람들은 긴장된 표정을 지었다. 디멘션 게이트에서 질량이 검출되는 경우는 한 가지뿐이었다.

"전원 팬텀 대항 체제를 갖춰라! 서둘러!"

이반 박사의 명령에 연구원들이 바삐 움직이기 시작했다.

그리고 내부 경비를 서고 있던 러시아 병사도 진형을 갖추며 총구를 들었다.

하지만 그들보다 앞선 인물들이 있었다.

유리 안젤리나 미하일로바.

유리를 시작으로 프로젝트 페리 칠드런의 연구로 태어난 소녀들이 전투태세를 잡고 있었던 것이다.

소녀들의 몸에서는 하나같이 검은색 연기가 짙게 흘러나오고 있었다.

"이지스 가동합니다!"

여성 오퍼레이터가 소리쳤다.

"레이저 조사!"

지잉! 지잉!

디멘션 게이트로부터 푸른색 레이저가 격자모양으로 쏟아져 나왔다.

마치 레이저로 이루어진 그물이 디멘션 게이트 위를 막고 있는 듯한 모양새였다.

키에에엑!

"……!"

그때, 모골이 송연한 팬텀의 괴성이 디멘션 게이트에서 울려 퍼졌다.

그 소리를 들은 사람들은 몸을 떨며 두려운 표정을 지었다.

푸쉬익! 털썩, 털썩.

"허업!"

"컥!"

여기저기서 숨을 삼키는 소리가 들려왔다.

하긴, 그럴 수밖에.

디멘션 게이트를 통과해 이쪽 세계로 넘어온 팬텀이 무적에 가까운 방어막인 디스토션 필드를 펼치기도 전에 조각조각 썰려서 튀어나왔던 것이다.

이것이 러시아 연구원들이 팬텀을 막기 위해 내놓은 절대 방어 시스템, 이지스였다.

"크하하하핫! 이제 팬텀도 별거 아니구만!"

이지스는 디멘션 게이트에 설치한 레이저 방어 시스템이었다. 그동안 팬텀에 대해 연구한 결과, 팬텀에게 피해를 줄수 있는 병기를 개발해 냈던 것이다.

그래봤자 디스토션 필드를 뚫기란 여간 힘든 일이 아니지만.

디스토션 필드를 뚫으려면 고출력 레일건 정도는 되어야했다.

"보았느냐! 이지스 시스템이 있는 한 팬텀은 우리의 세계에 오지 못한다!"

이반 박사는 득의양양한 미소를 지으며 소리쳤다.

그러자 팬텀의 출현에 긴장해 있던 연구원과 러시아 병사들은 자신감을 되찾았다.

이반 박사의 말대로 자신들이 준비한 이지스 시스템이 완벽하게 팬텀을 막아내지 않았는가?

그 사실에 긴장감이 사라진 연구원들의 얼굴에 웃음꽃이피기 시작했다.

이제 팬텀의 위협에 개의치 않고 디멘션 게이트를 연구할수 있게 될 테니 말이다.

위잉! 위잉!

순간 다시 경보음이 울렸다.

하지만 연구원들의 얼굴에는 처음처럼 긴장한 표정은 찾을 수 없었다.

아무리 팬텀이 넘어오려고 해도 자신들에게는 절대 방어 시스템, 이지스가 있다는 믿음이 있었으니까.

적어도 그들은 그렇게 생각했다.

경보음 다음에 이어지는 오퍼레이터의 말을 듣기 전까지는.

"게이트 너머에 고에너지 반응!"

"뭐?"

오퍼레이터의 말에 이반 박사는 어리둥절한 표정을 지었다.

질량이 아니라 고에너지 반응이라니?

"그게 무슨 소리야? 똑바로 대답해!"

"모르겠습니다. 게이트 너머에서 고에너지가… 아, 옵니다!"

"온다니, 뭐가?"

오퍼레이터의 말에 이반 박사가 의아한 얼굴로 반문한 찰나,

번쩍! 콰아아아앙!

디멘션 게이트에서 눈부신 섬광이 번쩍이며 굉음이 울려 퍼졌다. 그리고 건물 내부는 마치 지진이라도 난 것처럼 마구 흔들렸다.

건물 내부에 있던 사람들은 갑작스럽게 빛이 번쩍이고 땅이 흔들리자 정신을 차리지 못했다.

"이, 이지스 시스템이 소실되었습니다!"

그 속에서 비명 같은 오퍼레이터의 보고가 울려 퍼졌다.

"뭐, 뭐라고! 이지스가!?"

오퍼레이터의 보고에 이반 박사는 눈앞에 캄캄해짐을 느꼈다. 그리고 그것은 이반 박사뿐만이 아니었다.

연구원들과 러시아 병사들도 똑같았다.

이지스 시스템의 소실.

그것이 의미하는 바는 단 하나.

쿵!

바로 그때, 조금 전의 흔들림과는 다른 느낌의 충격과 소리가 건물 내부에 있던 사람들을 덮쳤다.

건물 내부에 있던 모든 사람들이 소리가 들려온 곳으로 시선을 향했다.

"저, 저게 뭐야……."

이지스 시스템에 소실된 디멘션 게이트로부터 거대한 기둥이 땅바닥을 짚고 있었다.

무려 3미터는 되어 보이는 두께다.

이반 박사는 고개를 들어올려 디멘션 게이트로부터 솟아나온 기둥을 바라봤다.

슈욱, 쿵!

그리고 디멘션 게이트로부터 또 다른 기둥이 불쑥 튀어나오더니 땅을 짚었다.

"서, 설마……."

이반 박사는 몸이 떨려옴을 느꼈다.

지금까지 보고된 팬텀의 크기는 3미터 내지는 5미터 정도였다. 일본에서 수십 미터에 달하는 팬텀이 출몰했다는 정보를 듣긴 했지만 말도 안 되는 소리라고 무시했다.

하지만……

"저런 크기가 가능하단 말인가?"

이반 박사는 멍한 표정으로 디멘션 게이트에서 기어 나오고 있는 팬텀을 바라봤다.

일본에서 발견된 수십 미터 크기의 팬텀?

지금 눈앞에서 모습을 드러내고 있는 팬텀을 바라보며 이반 박사는 헛웃음이 나왔다.

"인류는 저런 것과 싸우려 했단 말인가?"

끼이이익!

서서히 모습을 드러내고 있는 팬텀은 임시로 세워진 컨테이너의 천장을 찢어 발겼다. 높이가 10미터인 천장을 뚫으며 팬텀은 천천히 몸을 일으킨다.

거기다 더 어처구니가 없는 점은, 직경 10미터인 디멘션 게이트를 통과해 모습을 드러낼수록 팬텀의 크기가 점점 더 커지고 있다는 점이다.

마치 디멘션 게이트를 통과하기 위해 일부러 몸을 축소시켰다가, 통과한 후에는 다시 원래의 크기로 돌아가는 것처럼.

"으아아악!"

"사, 살려줘!"

너무나 거대한 팬텀의 등장에 건물 내부에서 그냥 깔려 죽는 사람들도 속출했다.

"닥터 이바노프."

그때 유리가 이반 박사를 붙잡고 뒤로 물러났다.

슈우우욱, 쿠웅!

그 순간, 이반 박사의 눈앞으로 팬텀의 기둥같이 거대한 다리가 바닥을 짚었다.

그것만으로도 마치 지진이라도 일어난 것처럼 지면이 흔들렸다.

"탈출을."

유리는 무표정한 얼굴로 말했다.

디멘션 게이트에서 나타난 거대 팬텀은 지금도 몸이 커지고 있었다.

높이만 해도 이미 10미터를 넘겼다. 아니, 20미터도 넘으리라.

"……."

하지만 이반 박사는 넋이 나간 표정으로 디멘션 게이트를 바라보고 있을 뿐이었다.

그리고…….

키에에에엑!

디멘션 게이트 너머로부터 팬텀의 괴성이 울려 퍼져왔다.

거대 팬텀 뒤로 보이기 시작하는 무수한 숫자의 붉은 광점.

그렇게 이라크의 사막 위에서 대규모의 팬텀 무리가 이쪽 세계로 넘어오기 시작했다.

제 8 장
절망 속의 희망

러시아 비밀 군사기지.

지금 그곳은 폐허가 되다시피 했다.

난데없이 지진이 난 것처럼 지면이 마구 흔들렸던 것이다.

그 덕분에 지상에 지어져 있던 건물들이 무너져 내리거나, 지면의 일부가 갈라진 곳도 있었다.

여기저기에 널브러져 있는 건물의 잔해 더미들.

돌연 그중 한 곳이 들썩거렸다.

"큭······."

무너진 잔해를 밀고 나타난 사람은 다름 아닌 현성이었다.

현성의 얼굴에 그을음이 한가득 묻어 있었다.

"설마 함정이었을 줄이야."

현성은 얼굴을 찡그리며 잔해 더미를 치워냈다.

나타샤가 디멘션 게이트가 있다고 자신 있게 가르쳐 준 장소에는 어마어마한 양의 폭탄이 기다리고 있었다.

눈앞에 세워져 있던 기둥들의 정체를 눈치채고 재빠르게 지상으로 텔레포트 마법을 시전했지만, 폭발에 살짝 휘말리고 말았다.

그 결과 검은색 코트의 일부는 고열에 눌러 붙었으며, 얼굴은 숯칠을 한 것처럼 시커메졌다.

거기다 아주 조금 머리카락 끝 부분이 타 있었다.

"완전히 당했군."

현성은 혀를 찼다.

지금 상황으로 보면 나타샤가 자신을 함정에 빠뜨렸다고 생각해도 충분했다.

하지만 현성은 그녀가 거짓말을 했다고는 생각하지 않았다.

디멘션 게이트에 대해 이야기를 하던 나타샤에게서 진실을 느꼈으니까.

만약 그녀가 스파이였다면 현성이 먼저 알아차렸을 것이다.

"이반 알렉산드로비치 이바노프 박사라고 했던가? 여간 내기가 아니군."

현성은 나타샤가 자신을 속였다기보다 이반 박사가 농간을 부렸다고 생각했다.

분명 나타샤를 이용해 미국에게 한 방 먹여줄 작정이었을 것이다.

하지만 현성이 개입하게 되면서 이반 박사는 당초 목적을 이루지 못했다. 미국 지부의 요원들을 함정에 빠트려 몰살시키려고 했지만 실패했으니 말이다.

아니, 어쩌면 나타샤도 이참에 제거할 생각이었을지도 몰랐다. 이번 이라크 강습 작전 때 나타샤가 자기도 가겠다고 나서는 것을 현성이 말렸으니까.

탕!

"……!"

그때 현성의 귀에 총성이 들려왔다.

현성은 총소리가 들려온 곳을 향해 빠르게 이동을 시작했다.

                    *   *   *

"쏴! 쉬지 말고 계속 쏴라!"

요란한 총성이 끊이지는 한복판.

그곳에서 마리사는 부하들을 격려하며 살아남은 늑대인간들과 싸우고 있었다.

'대체 무슨 일이 벌어지고 있는 거지?

마리사는 고혹적인 붉은 입술을 깨물었다.

무기고를 발견하고 탄약을 보충한 것까지는 좋았다.

하지만 얼마 지나지 않아 땅이 미친 듯이 흔들리는 게 아닌 가?

진도 10에 가까운 지진이 일어난 것처럼 지면이 요동쳤던 것이다.

그 결과 일부 지면에는 균열이 생겨 있었으며, 건물들은 거진 다 무너져 있었다.

그리고 러시아 병사들은 거의 대부분이 살아남지 못했다.

그나마 전신을 기계로 대체시킨 기계화 병사들은 큰 피해를 입지 않고 생존할 수 있었다.

하지만 마리사는 아니었다.

그녀는 뇌에 브레인 칩을 박았을 뿐, 몸은 기계화시키지 않았다. 그 덕분에 지면이 흔들렸을 때는 매우 위험한 상황이었지만, 기계화 병사들이 몸을 던져 지켜준 덕분에 무사할 수 있었다.

─아우우우우우──!

"이 망할 늑대 새끼들이!"

마리사는 눈살을 찌푸리며 소리쳤다.

갑작스럽게 일어난 지진에서 살아남은 건 기계화 병사뿐만이 아니었다.

그들의 주위를 어슬렁거리던 늑대인간들도 대부분 무사했다.

아니, 무사했다고는 할 수 없었다.

늑대인간 중 일부는 무너지는 건물 더미에 깔려서 치명적인 상처를 입은 자들도 있었으니까.

하지만 놀랍게도 상처를 입은 늑대인간들은 시간이 흐르자 완전히 회복해 버렸다.

직접 눈으로 보고도 믿기지 않는 재생 능력이었다.

'어떻게 해야 하지?'

마리사는 초조했다.

조금 전 일어났던 지진.

그것이 지하에 일어난 대규모 폭발이라는 사실을 눈치채고 있었다.

그렇지 않고서야 어떻게 이라크에서 진도 10에 가까운 지진이 발생할 수 있단 말인가?

그리고 어떻게 러시아 비밀 군사기지에만 국소적으로 지진이 일어날 수 있단 말인가?

지하에서 무언가 폭발이라도 일어나지 않는 이상 일어날 수 없는 일이었다.

'그는 무사할까?'

마리사는 현성이 걱정되었다.

분명 지하에서 일어난 폭발은 현성과 관련되어 있을 터.

지상에 이 정도의 피해를 줄 정도면 지하에서 무언가 큰 일이 생겼다고밖에 생각할 수 없었다.

─크아아아앙!

'남 걱정할 때가 아닌가! 지금은 버틸 수 있지만 더 이상은⋯⋯.'

마리사는 눈앞에서 달려드는 늑대인간의 입 안에 총구를 억지로 비집어 박아 넣었다.

"죽어라! 빌어먹을 자식아!"

타타타탕!

총구에서 불을 뿜자 늑대인간의 머리가 터져 나갔다.

늑대인간을 처리한 마리사는 재빠르게 탄약을 교환했다.

지금은 탄약이 충분하기에 늑대인간들을 상대할 수 있지만, 그것도 오래갈 수는 없었다.

조금 전처럼 늑대인간의 머리를 가루로 만들지 않는 이상 그들을 완전히 죽일 수 없었으니까.

팔이나 다리를 날려 버려도 죽기는커녕, 시간이 지나면 완전히 재생해 버리니 마리사와 기계화 병사들은 미치고 팔짝 뛸 노릇이었다.

"어떻게 할 생각입니까?"

그때, 옆에서 존 카터 소령이 마리사가 고민하고 있는 문제를 아프게 꼬집어왔다.

그녀 자신도 지금 어떻게 하면 좋을지 판단내릴 수가 없었다.

이런 사막 한가운데서 대체 어떻게 눈앞에 있는 늑대인간들을 상대한단 말인가?

그런 상황에서 마리사는 자신도 모르게 말했다.

"기다려."

"예?"

"기다리면… 그가 온다."

그렇게 말하고선 마리사는 피식 웃음을 흘렸다.

그저 기다리라니.

자신이 생각해 봐도 밑도 끝도 없는 말이라고 생각했다.

지금까지 전장을 전전해 왔던 자신들에게 어울리지 않는 말이 아닌가?

"알겠습니다. 그를 믿어보도록 하지요."

하지만 존 카터 소령 또한 마리사의 말에 웃음을 지으며 대답했다.

그 말에 오히려 마리사는 놀란 표정을 지었다.

"그대까지 그런 말을 할 줄은 몰랐군."

"잊으셨습니까? 이곳에 있는 저희들은 환상의 섬에서 그가 싸우는 모습을 지켜봤습니다. 확실히 그라면 지금 상황을 타파해 줄 지도 모르지요."

"살아있다면… 말이겠지."

"그가 정말 죽었을 거라고 생각하십니까?"

마리사의 말에 존 카터 소령은 오히려 웃으며 반문했다.

그러자 마리사는 쓴웃음을 지으며 고개를 흔들었다.

"아니."

마리사도 현성이 얼마나 강한지 안다.

그녀 또한 환상의 섬에서 활약한 현성의 모습을 지켜보았으니까.

거기다 최근에는 혼자서 일본 지부를 괴멸시켰다고 하지 않던가.

그리고 그가 정말 죽었다고 생각했다면 기다리라는 말 따윈 하지 않았을 것이다.

"늦지 않았으면 좋겠군요."

"그러게 말이야."

마리사와 존 카터 소령은 지근거리까지 다가온 늑대인간들을 바라보며 쓴웃음을 지었다.

가까이에 다가온 늑대인간들을 보니 모습이 변해 있었다.

팔꿈치 부분에서 하얀 달빛을 반사하며 빛나는 물체.

그것은 칼처럼 보였다.

철컥철컥!

"큭!"

엎친 데 덮친 격으로 마리사의 탄약이 떨어졌다.

그리고 마리사를 시작으로 여기저기서 허공에 공이를 치는 소리가 들려왔다.

"탄약이 부족합니다!"

"저도 다 떨어졌습니다!"

"저희도 입니다!"

병사들의 탄약이 이제 바닥을 드러내기 시작했다.

그렇다면 이제 남은 건…….

"탄약이 없으면 백병전을 준비해라!"

"Sir! Yes, Sir!"

마리사의 명령에 기계화 병사들은 군용 대검이나, 해머 같은 근접 무기를 꺼내들었다.

그들은 전신을 기계로 교체한 덕분에 일반인의 상상을 초월하는 힘과 내구성을 가지고 있다.

그 덕분에 다양한 개인 화기로 무장할 수 있었으며, 근접 무기도 마찬가지였다.

퍼억!

—깨앵!

한 병사가 휘두른 해머에 맞아 머리가 박살난 늑대인간 하나가 쓰러진다.

하지만 바로 곧이어 늑대인간 하나가 해머를 휘두른 병사의 등 뒤에서 목을 물어뜯었다.

"크윽!"

—커엉! 크아아앙!

목이 물린 병사가 바닥에 쓰러지자, 이내 여러 마리의 늑대인간이 모여들었다.

1:1이라면 기계화 병사가 늑대인간보다 강했다.

하지만 늑대인간의 숫자가 병사보다 훨씬 많았다. 거기다 머리를 확실히 박살내지 않으면 초인적인 재생 능력으로 회복을 하고 다시 달려든다.

그에 반해 기계화 병사들은 시간이 흐를수록 지쳐 가고 있었기에 점점 더 수세에 몰리고 있었다.

"엄호해!"

늑대인간에게 둘러싸인 부하 병사를 보고 마리사가 초조한 목소리로 소리쳤다.

하지만 그녀의 명령에도 병사들은 움직일 수가 없었다. 주위에서 몰려들고 있는 늑대인간들이 문제이기도 했지만, 자신들처럼 기계의 몸이 아닌 마리사를 지키기 위해 섣불리 움직일 수 없었던 것이다.

그렇게 기계화 병사들은 하나둘 천천히 쓰러져 갔다.

'큭! 이대로 가다간……!'

상황은 절대적으로 불리하다.

마리사는 어둠 속에서 붉은 눈을 빛내며 몰려들고 있는 늑대인간들과 필사적으로 싸우고 있는 부하들을 보며 입술을 꽉 깨물었다.

'끝인가…….'

결국 마리사는 체념하고 말았다.

작전은 실패.

부대는 전멸.

그런 생각이 머릿속을 스치는 찰나,

콰아아앙!

갑작스럽게 늑대인간들이 군집해 있는 지역에 화염이 솟구치며 폭발이 일어났다.

"......!"

마리사를 비롯한 병사들은 놀란 눈으로 폭염이 솟구친 방향을 바라봤다.

그리고 그곳에 솟구쳐 오르는 화염을 뒤로하고 검은색 코트자락을 흩날리며 다가오고 있는 소년이 보였다.

소년은 그들이 있는 곳에 다가오며 입을 열었다.

"내가 늦은 건 아니겠지? 마리사."

밀려드는 늑대인간들의 모습에 체념하고 있던 마리사 앞에 나타난 인물은 다름 아닌 현성이었다.

*　　　*　　　*

현성은 주변을 둘러봤다.

온몸에 칼날을 세운 이상하게 생긴 늑대인간들이 주위를 에워싸고 있었다.

'키메라와 마찬가지로 개조한 늑대인간들인가?'

늦대인간의 전투 능력을 끌어올리기 위해 팔꿈치나, 혹은 손에 칼날을 달아놓은 것일 터.

늑대인간 또한 러시아 비밀 연구소에서 만들어낸 키메라에 가까웠다.

"늦었군."

"지하에서 한바탕하고 왔거든. 아주 제대로 뒤통수를 맞았어."

디멘션 게이트를 회수해야 된다는 생각에 나타샤의 말을 믿고 지하 연구소의 실험실에 갔다가 현성은 뒤통수를 제대로 맞았다.

있으라는 디멘션 게이트는 없고 폭탄만 어마어마하게 쌓여 있었으니 말이다.

"이야기는 나중이다. 우선은 이놈들부터 처리해야겠군."

현성은 주변에서 어떻게 할까 서성이고 있는 늑대인간들을 바라봤다.

늑대인간들은 두려운 눈으로 현성을 바라보고 있었다.

그들의 머리는 당장에라도 현성을 공격해야 된다고 외치고 있었지만, 본능은 그렇지 않았다.

이곳에서 당장 도망쳐야 한다고 외치고 있었던 것이다.

이성과 본능 사이에서 늑대인간들은 이러지도 못하고 저러지도 못한 채 현성의 눈치를 보며 하얀 이를 드러내고 침을 질질 흘렸다.

"너희들 따위가 나를 상대할 수 있을 것 같나?"

흠칫!

현성이 한걸음 내딛자 늑대인간들이 화들짝 놀란다.

늑대인간들은 온몸을 짓눌러 오는 살기에 자기도 모르게 한 발짝 물러섰다.

"흥, 귀여운 개새끼들이군. 라이코스가 있었으면 좋아하겠어."

―크허어어엉!

늑대인간들은 개가 아니라 늑대다, 라고 소리치는 것처럼 울부짖었다.

"시끄럽다, 개새끼들아."

현성은 발을 한 번 들었다가 놓았다.

콰앙!

현성을 중심으로 부채꼴 모양의 진동이 퍼져 나갔다.

갑작스럽게 지면이 흔들리자 늑대인간은 모두 제자리에서 있지 못하고 땅바닥에 쓰러졌다.

3클래스 마법인 쇼크웨이브(Shock Wave)였다.

하지만 아직 끝이 아니었다.

늑대인간들이 쓰러진 바닥에는 갈라진 틈이 제법 있었으며, 그들 중 일부는 갈라진 틈 속에 손이나 발 등이 빠진 자들도 있었다.

그런 그들에게 현성은 손을 내밀었다.

키이잉!

이미 현성의 마나서클은 힘차게 돌아가고 있는 중이었다.

총 여덟 개의 마나서클이 회전하며 방대한 양의 마나가 현성의 몸속으로 모여들었다.

"볼케이노(Volcano)."

현성은 조용한 목소리로 중얼거리듯 마법을 시전했다.

쾅! 콰아앙!

갈라진 틈에서 굉음과 함께 용암이 거세게 솟구쳐 올라왔다.

—케엑! 커헝!

8클래스 마법, 볼케이노(Volcano).

늑대인간들은 지면에서 솟구쳐 올라온 용암에 맞아 단말마의 비명을 지르며 생을 마감했다.

그리고 고온의 용암에 몸이 녹아 시체조차 남기지 않았다.

눈 깜짝할 사이에 주변을 포진하고 있던 늑대인간들은 시뻘건 마그마에 불타오르며 전멸했다.

"……."

그 모습을 병사들은 놀란 눈으로 바라봤다.

일부는 파리가 들어갔다가 나와도 모를 만큼 입을 벌리고 있는 자들도 있었다.

하긴 그럴 수밖에 없을 것이다.

기계화 병사들도 자신들의 몸을 기계로 대체하여 힘을 얻었다. 상대가 아무리 잘 훈련된 군인이라고 해도 기계화한 자신들을 어쩌지 못한다.

하지만 눈앞에서 몰려드는 늑대인간들 앞에서 그들은 죽음을 각오했다.

자신들이 상대한 늑대인간은 불사에 가까운 괴물.

총탄 따위론 절대 죽지 않으며, 오로지 머리를 박살내야 겨우 죽일 수 있었다.

그런데 그런 존재들을 단 한순간에 전멸시키다니!

"대, 대단하군……."

마리사는 얼이 나간 표정으로 중얼거렸다.

그 외 나머지 병사들은 두려움 반, 기대 반으로 현성을 바라봤다.

"몸은 괜찮나?"

현성은 마리사를 바라보며 말했다.

"나는 괜찮다. 하지만 부하들이……."

현성의 말에 마리사는 씁쓸한 표정을 지었다.

기계화 병사들 중에는 성한 자가 없었다. 다들 크고 작은 부상을 입고 있었으며, 사망자도 몇 명 나왔다.

"미안하게 됐군."

현성이 조금만 더 빨리 왔더라면 한두 명은 살았을 수도 있었다.

"그런 말 하지마라. 이곳은 전장, 죽음이 언제나 함께하는 곳이니까."

그렇게 말한 마리사는 현성을 똑바로 직시했다.

"그보다 임무는? 디멘션 게이트는 어떻게 되었지?"

"……."

마리사의 질문에 현성은 고개를 좌우로 흔들었다.

"실패… 한 건가?"

"유감스럽게도. 지하 연구소 최하층까지 내려가 보니 디멘션 게이트는커녕 폭탄만 있더군."

"과연. 지상을 강타한 지진은 역시 폭발 때문이었나."

"덕분에 정말 죽는 줄 알았지."

현성은 고개를 절래절래 흔들며 말했다.

"그럼 디멘션 게이트는 지금 어디에……?"

"이반 알렉산드로비치 이바노프 박사가 있는 곳에 있겠지. 이곳 이라크의 어딘가에."

"결국 원점으로 돌아왔다는 소리로군."

"그런 셈이지."

"큭!"

현성의 말에 마리사는 이를 악물었다.

"그 말은 곧 내 부하들이 개죽음을 당했다는 말이 아닌가!"

그들은 일반 병사들과는 다르게 몸을 기계로 교체했다는 사실에서 서로 동질감을 느끼고 있었다.

이 세계에서 몇 안 되는 자신과 같은 처지인 사람들이었으니 말이다.

그 때문에 그들은 한 명 한 명이 소중한 전우였다.

그런데 이번 작전에서 상당한 숫자의 병사들이 목숨을 잃었다. 마리사를 비롯한 그들 입장에서는 이가 갈리지 않는 일이 아닐 수 없었다.

"나타샤가 배신했군."

마리사는 임무 실패의 이유를 바로 추론해 냈다.

하지만 그 말에 현성이 고개를 흔들었다.

"아니. 그녀는 배신하지 않았어."

"상황적으로 보면 그녀가 배신한 것이 맞지 않나?"

현성이 나타샤를 두둔하자 마리샤의 눈이 날카롭게 빛난다.

그런 그녀에게 현성은 나직한 목소리로 한마디 했다.

"크라우스 폰 발렌시아. 그녀는 그자가 나한테 보낸 인물이다. 스파이일 리가 없어."

애초에 현성도 마리사와 마찬가지로 나타샤를 의심했다.

하지만 나타샤가 자신에게 언급했던 이름.

그 이름은 현성에게 매우 중요했다.

"그를 꽤 신용하나 보군. 믿을 수 있는 자인가?"

"글쎄… 나도 잘 몰라. 만난 적이 없는 인물이니까."

"뭐? 그럼 어떻게 믿을 수 있다는 거지?"

마리사의 눈빛에 강한 불신이 깃든다.

만난 적도 없는 정체불명의 인물을 어떻게 믿는단 말인가?

"적어도 그 인물이 내 앞에서 크라우스 폰 발렌시아라는 이름을 더럽힐 리 없을 테니까."

크라우스 폰 발렌시아.

이드레시안 차원계에서 마족들의 침략을 막아낸 8클래스 대마법사다.

그 이름을 걸고 자신을 속이려 들지는 않을 것이다.

"만약 그가 널 속이려 든 것이면 어쩔 생각이냐?"

"속여? 나를?"

마리사의 말에 현성은 한차례 웃음을 흘렸다.

그녀의 말대로 정말 자신을 속인 것이라면……

"대가를 톡톡히 치르게 되겠지."

그렇게 중얼거리는 현성의 몸에서 싸늘한 한기가 흘러나왔다. 그 한기에 마리사를 비롯한 병사들은 몸을 떨었다. 그리고 그들은 동시에 생각했다.

'배신할 인물이 없어서 그를 배신하는 것은 정말 미친 짓이다.'

현성은 혼자서 일본 지부를 괴멸시킨 능력자.

그들은 누구도 현성의 분노를 받고 싶지 않았다.

"귀환하지."

디멘션 게이트를 회수하기 위한 이라크 강습 작전은 실패했다. 더 이상 이런 곳에 있는 것보다, 미국과 한국 지부에 합

류한 후 디멘션 게이트의 행방을 좇는 편이 나았다.

그렇게 생각한 현성은 몸을 돌렸다.

그 순간,

번쩍!

수 킬로미터 정도 떨어진 곳에서 별안간 밝은 빛이 터져 나왔다.

"윽!"

어둠 속에서 갑작스럽게 터져 나온 강렬한 빛에 일행은 손으로 눈을 가리며 얼굴을 찡그렸다.

"무슨 일이지?"

"저곳은 분명 아무것도 없는 걸로 알고 있는데……."

난데없이 빛이 터져 나온 사태에 일행은 어리둥절한 표정을 지었다.

"당했군."

현성은 쓴웃음을 지었다.

조금 전 빛이 터져 나온 장소에서 익숙한 기운이 스멀스멀 느껴져 온다.

본능적인 혐오감이 온몸을 감싸 올라오는 기분 나쁜 감촉.

"이반 알렉산드로비치 이바노프 박사. 머리가 꽤 돌아가는 인간인 모양이지만 팬텀을 너무 우습게 봤어."

현성은 확신했다.

이반 박사는 두뇌 회전이 빠른 교활하기 짝이 없는 인물이다. 그 증거로 지하에 있는 연구소에서 자신을 맞이한 폭탄만 봐도 알 수 있었다.

"욕심이 과하면 망하는 법이지."

현성은 혀를 찼다.

나타샤의 말대로 이반 박사는 팬텀에 미친 과학자인 모양이었다. 디멘션 게이트로 팬텀을 불러들일 생각하고 있었으니까.

그 결과가 지금 현성의 눈앞에 펼쳐지고 있었다.

순간 현성은 눈살을 찌푸렸다.

그리고 마리사를 향해 돌아보며 말했다.

"이곳에서 당장 떠나. 죽기 싫으면."

"그게 무슨 말이지? 대체 무슨 일이……."

"팬텀이 몰려오고 있다."

현성은 마리사의 말을 잘랐다.

"……!"

그 말에 마리사를 비롯한 기계화 병사들이 눈을 부릅떴다.

"작전을 변경해야겠군. 병사들을 데리고 이곳에서 벗어나라."

"너는 어쩔거지?"

"난 해야 할 일이 남아 있다."

"뭐? 그건 대체 무슨 헛소리지?"

현성의 말에 마리사는 화가 난 표정을 지었다.

팬텀이 정말 몰려오고 있다면 현성도 도망쳐야 했다.

아무리 현성이 강하다고 해도 그 팬텀들을 혼자서 상대할 수 없을 테니까.

"최대한 시간을 끌어보겠다. 장담은 할 수 없지만."

하지만 현성은 팬텀이 있는 곳을 바라보고 있을 뿐이었다.

"죽을 셈이냐?"

"설마."

현성은 피식 웃으며 고개를 흔들었다.

"그럼 다녀오지."

그 말을 남기고 현성은 눈부신 속도로 어둠 속으로 사라졌다.

마리사는 어둠 속으로 사라져 가는 현성을 끝까지 지켜봤다.

마음 같아서는 현성을 말리고 싶었지만, 그녀는 알고 있었다.

오히려 자신들이 현성의 발목을 잡게 되리는 것을.

"죽기만 해봐라. 절대 용서하지 않겠다."

아무도 들리지 않을 정도로 조용히 중얼거린 마리사는 몸을 돌렸다.

그런 마리사의 주먹을 부들부들 떨리고 있었다.

제 9 장
팬텀 재래

"하아하아……."

주변은 아비규환이다.

디멘션 게이트를 통해서 엄청난 숫자의 팬텀이 기어 올라왔다. 종류도, 크기도 각양각색.

하지만 한 가지 사실은 분명했다.

그것들은 명실상부한 인류의 적이었다.

"꺄아아악!"

"베라!"

유리의 눈앞에서 붉은색이 감도는 갈색 머리카락의 소녀가 팬텀의 다리에 꿰뚫려 떠올랐다.

붉은 피가 허공에 뿌려지며, 베라라고 불린 소녀는 이내 고개를 떨구며 절명했다.

"베라… 모두……."

그 모습을 유리는 멍한 눈으로 바라봤다.

프로젝트 페리 칠드런.

그 계획으로 탄생한 소녀들은 이제 유리 혼자 남았다.

마치 지옥에서 기어 올라온 것 같은 팬텀과 싸우며 한 명씩 죽어갔던 것이다.

'전멸이라니…….'

유리는 지금 상황이 믿기지 않았다.

프로젝트 페리 칠드런의 멤버는 자신을 제외하고 모두 사망했다.

어디 그뿐인가?

이미 이반 박사를 비롯한 연구소의 모든 사람들도 팬텀에 의해 죽어나갔다.

연구원도, 군인도 전부.

팬텀이 물밀 듯이 밀고 올라오자, 연구소의 사람들은 도망치기 바빴다.

처음에는 유리를 필두로 프로젝트 페리 칠드런의 소녀들이 팬텀을 상대했지만 시간 벌기용밖에 되지 않았다.

하나둘 소녀들은 쓰러져 갔고 결국 도망칠 수밖에 없었다.

하지만 그마저도 쉽지 않았다.

팬텀이 끝까지 추격해 왔으니까.

그래도 필사적으로 도망친 결과, 거의 대부분의 팬텀을 따돌릴 수 있었다.

단 한 마리, 트루퍼급 팬텀을 제외하고 말이다.

결국 끝까지 추적을 포기하지 않은 트루퍼급 팬텀 한 마리에게 유리와 함께 마지막으로 남아있던 베라라는 소녀도 끝내 희생되고 말았다.

남은 건, 이제 유리 한 명뿐.

키에에엑!

"……."

바로 눈앞에서 들려오는 팬텀의 괴성에 유리는 지친 눈으로 올려다봤다.

트루퍼급 팬텀 한 마리가 검은색 다리를 치켜드는 장면이 슬로우 모션처럼 보인다.

'여기까지인가…….'

유리는 체념했다.

이곳은 이라크 사막 한복판.

과연 누가 자신을 구하러 와줄 것인가?

'안녕, 현성 오빠.'

유리는 눈을 감았다.

생의 마지막 순간, 가장 행복했던 시간이 스쳐 지나간다.

공원에서 라이코스와 놀았던 일과 현성과 함께 지냈던 일.

그때의 순간을 떠올리며 유리는 모든 것을 포기했다.

"슈바르츠 블레쳐(Schwarze Brecher)!"

콰아아아앙!

돌연 누군가의 외침이 들려왔다.

유리는 놀란 표정으로 눈을 떴다. 바로 눈앞에서 다리를 휘두르려고 했던 팬텀이 배를 뒤집고 옆으로 반 바퀴 구른 모습이 보였다.

"……!"

믿기지 않는 모습에 유리는 눈을 부릅떴다.

키이이이잉!

유리는 팬텀의 옆구리 부분에서 회전하고 있는 칠흑의 창을 볼 수 있었다.

그리고 이내 칠흑의 창은 허공으로 솟구치더니 어디론가 날아가기 시작했다.

유리는 칠흑의 창이 향한 곳으로 시선을 돌렸다.

탁!

그곳에서 날아 들어온 칠흑의 창을 받아 잡는 인물이 있었다.

"현성… 오빠?"

"오랜만이야, 유리."

현성은 놀라고 있는 유리를 바라보며 안도의 미소를 지어 보였다.

"어, 어떻게……?"

유리는 믿을 수 없는 눈으로 현성을 바라봤다.

이라크 사막 한복판에서 현성을 만나게 될 줄은 몰랐기 때문이다.

"왜? 내가 오지 않을 거라 생각한 거야?"

현성은 피식 웃으며 말했다.

그 말에 유리는 모든 걸 이해한 얼굴로 고개를 끄덕였다.

"그렇군요. 오빠라면 디멘션 게이트를 회수할 수 있을 거라 생각했겠군요."

디멘션 게이트를 회수하기 위해 미국에서 보낸 특수요원들.

그들 중에 현성이 있다고 해도 이상하지 않았다.

한국에서도 자신의 미션을 방해한 인물은 다름 아닌 현성이었으며, 이라크로 다시 돌아왔을 때 현성이 어떤 인물인지 자세히 알 수 있었으니까.

하지만…….

"용케 살아남으셨네요."

디멘션 게이트를 회수하러 온 어리석은 자들에게 이반 박사는 큰 선물을 준비했다.

불과 얼마 전까지 디멘션 게이트가 있던 장소를 가득 채운 어마어마한 양의 폭탄들.

설마 그 폭발에서 살아남았을 줄이야.

"조금 위험했었지. 나는 당연히 디멘션 게이트가 있을 거라고 생각했는데 설마 폭탄이 한가득 모여서 웃고 있을 줄은 생각지도 못했는데 말이야. 이반 알렉산드로비치 이바노프 박사라고 했던가? 보통 인물이 아닌 것 같더군."

"러시아의 과학계를 이끌고 있는 천재 과학자니까요."

"천재 과학자라. 그가 천재 과학자인지 아닌지는 잘 모르겠지만 한 가지는 잘 알겠더군."

"뭔가요?"

"인간이 되지 못했어."

현성은 고개를 흔들며 말했다.

이반 알렉산드로비치 이바노프 박사.

확실히 그는 천재 과학자였다.

나타샤도 10대 후반에 디멘션 게이트 연구에 투입될 정도로 천재였지만, 그녀의 경우는 물리학이란 한 분야에서 두각을 보였었다.

하지만 이반 박사는 달랐다.

그는 거의 모든 분야에서 천재성을 드러냈다.

물리학은 물론, 천문학과 생명공학에도 조예가 깊었다.

그중 이반 박사가 심취하고 있던 분야는 생명공학이었으

며, 팬텀에 큰 흥미를 보였다.

그래서 이반 박사는 생명공학과 연관된 키메라, 팬텀에 대한 연구에 매진했고, 나타샤는 디멘션 게이트에 대한 연구에 매진을 했다.

그 결과 이반 박사는 팬텀 세포를 이식한 프로젝트 페리 칠드런의 소녀들을 탄생시킬 수 있었다.

그녀들은 어떻게 보면 일본의 이시이 로쿠로와 쥬이치로가 만들어낸 아마이 사토미와 자매라고도 할 수 있었지만, 능력적인 면에서는 더 위였다.

아마이 사토미처럼 포식하지 않아도 생존할 수 있었으니까.

프로젝트 페리 칠드런은 좀 더 완성형에 가까운 존재들이라고 할 수 있었다.

"나는 알 수 있어. 이반 박사는 광기에 빠진 매드 사이언티스트라는 사실을 말이야. 내 말이 틀렸나?"

현성은 유리를 똑바로 직시했다.

이반 박사가 제대로 된 인간이었다면 애초에 소녀들을 대상으로 생체 실험을 하지 않았을 것이다.

"그건……."

유리는 말꼬리를 흐렸다.

현성의 말이 틀리지 않았기 때문이다.

그녀는 알고 있었다. 프로젝트 페리 칠드런이 가동되고 생체실험에서 수많은 아이들이 죽어간 것을.

프로젝트 페리 칠드런의 결과물 중에서 소녀만 있는 이유
가 있었다.

남자아이는 팬텀 세포의 융합을 견디지 못하고 전부 죽어
갔던 것이다.

이유는 알 수 없지만, 어째서인지 여자아이만 적성을 보이
고 살아남았다.

그 결과 프로젝트 페리 칠드런은 소녀로 구성되었다.

"이반 박사는 어디에 있지?"

현성은 유리를 바라보며 질문을 던졌다.

그 말에 유리는 현성을 빤히 올려다보다가 입을 열었다.

"죽었어요. 디멘션 게이트를 통해서 기어 나온 팬텀에게."

"이반 알렉산드로비치 이바노프 박사가?"

현성은 살짝 놀란 눈으로 유리를 바라봤다.

설마 그가 죽었다니? 실로 기가 막히는 일이 아닌가?

"생존자는 이제 저밖에 없어요."

유리는 쓸쓸한 목소리로 말했다.

이반 박사뿐만이 아니다.

그 당시 디멘션 게이트를 연구하기 위한 임시 실험실에서
연구원과 경비 병력도 허무하게 목숨을 잃었다.

유리는 그들이 그렇게 간단히 죽을 줄 몰랐다.

특히 이반 박사의 죽음은 충격이었다.

프로젝트 페리 칠드런의 소녀들에게 있어 이반 박사는 신에 가까운 존재였으니까.

그녀들은 무슨 일이 있어도 이반 박사의 명령을 거부할 수 없었다. 처음부터 이반 박사의 명에 따르도록 유전자 조작과 정신적인 세뇌를 당했기 때문이다.

"전부 당한건가."

나타샤의 예상이 들어맞았다.

그녀는 이반 박사의 생각에 반대했다.

디멘션 게이트를 이용해 팬텀을 이쪽 세계로 불러들인다니.

그녀 생각에는 그야말로 미친 짓이 아닐 수 없었다.

그리고 그 결과 팬텀들은 디멘션 게이트를 통해서 무차별적으로 이쪽 세계에 넘어오기 시작했다.

현성과 미군은 한발 늦었던 것이다.

"이제 어떻게 할 생각이냐?"

현성은 유리를 바라보며 질문을 던졌다.

그 말에 유리는 표정을 흐렸다.

"모르겠어요. 이제 무엇을 해야 할지, 어떻게 하면 좋을지."

지금까지 유리는 그저 이반 박사의 명령에 충실히 따라왔다.

임무를 위해서 살인도 서슴지 않았다.

그런데 이제 자신에게 명령을 내려주던 이반 박사는 허무하게 죽었다.

　그리고 자신과 같은 처지인 프로젝트 페리 칠드런의 아이들도 전원 사망했다.

　유리는 마치 이 세계에 홀로 남겨진 기분이었다.

　"어렵게 생각할 필요는 없어. 중요한 건 네가 무엇을 하고 싶은가, 라는 거니까."

　"제가 하고 싶은 것……?'

　그 말에 유리는 총소리에 놀란 비둘기 같은 표정으로 현성을 바라봤다.

　자신이 하고 싶은 것이라니.

　생각조차 해본 적이 없었다.

　"그것을 찾기까지 내가 곁에 있어줄게."

　현성은 미소를 지으며 유리에게 손을 내밀었다.

　"저, 저는……."

　유리는 머뭇거렸다.

　과연 저 손을 자신이 잡아도 되는 것일까.

　"너는 어떻게 하고 싶어?"

　재차 현성이 손을 내밀며 대답을 재촉한다.

　'아…….'

　그 모습을 유리는 눈이 부신 듯 바라봤다.

　"흐윽……."

갑자기 마음 깊은 곳에서부터 무언가가 복받쳐 올라왔다.

지금까지 살아오면서 이렇게 누군가에게 따뜻이 대해진 적이 있었던가?

유리는 처음으로 감정에 복받쳐 울었다.

"고마워요, 오빠."

유리는 현성이 내민 손을 꼬옥 맞붙잡았다.

"괜찮아."

그런 유리의 머리를 현성은 부드럽게 쓰다듬어 주었다.

유리는 현성의 가슴에 얼굴을 묻고 어깨를 들썩이며 눈물을 흘렸다.

"……."

갑자기 현성은 유리의 어깨를 감싸 안으며 고개를 돌렸다.

그리고 살며시 눈살을 찌푸렸다.

"유감이지만, 아무래도 이러고 있을 시간이 없을 것 같아."

"……?"

유리는 눈물에 범벅이 된 얼굴로 고개를 살며시 치켜들며 현성을 올려다봤다.

그 모습에 현성은 피식 웃음을 흘린 후, 손으로 유리의 얼굴을 닦아주었다.

"팬텀이 몰려오고 있어."

"……!"

현성의 말에 유리는 놀란 표정을 지었다.

그리고 갑자기 얼굴을 확 붉히면서 화들짝 떨어졌다.

그 후 현성에게서 등을 돌리더니 손으로 얼굴을 마구 문질러댔다.

그렇게 한차례 기행을 벌인 유리는 다시 현성을 바라봤다.

"어떻게 할 생각이에요?"

"이렇게 할 생각인데."

유리의 말에 현성은 웃으며 대답한 뒤, 그녀를 안아 들었다.

"꺄악!"

난데없이 흔히 말하는 공주님 안기에 당한 유리는 살짝 비명을 질렀다.

그런 유리를 흐뭇하게 본 현성은 조금 전부터 준비하고 있던 마법을 시전했다.

"텔레포트(Teleport)."

4클래스 공간 이동 마법, 텔레포트.

본인은 물론 다른 사람이나 물건까지 이동이 가능한 마법이다. 대규모 인원이나 물건까지는 아니지만, 소규모라면 이동시킬 수 있었다.

"……?"

하지만 현성과 유리는 같은 자리에서 움직이지 않았다.

여전히 현성은 유리를 공주님 안기 자세로 안고서 같은 장소에 서 있었다.

"뭐, 뭐지?"

현성은 당황스러운 표정을 지었다.

설마 텔레포트 마법이 발동되지 않다니!

"……."

순간 현성은 볼이 따가웠다.

가자미눈을 한 유리가 찌를 것 같은 시선으로 현성의 얼굴을 보고 있었던 것이다.

"오빠가 마법을 불발하다니, 꽤 드문 일 아닌가요? 내일은 해가 서쪽에서 뜨려나 봐요."

"하하."

유리의 말에 현성은 어색한 미소를 지었다.

'무언가 공간이동 마법을 방해하고 있군.'

현성은 시선을 옮겼다.

그곳에 텔레포트를 방해하고 있는 공간왜곡 현상이 일어나고 있었다.

"디멘션 게이트… 인가."

공간 왜곡 현상의 원인.

그리고 그 중심에서부터 어마어마한 숫자의 팬텀이 뛰쳐나오고 있는 중이었다.

'어쩔 수 없군.'

현성은 유리를 내렸다.

그러자 유리는 아쉬운 표정을 지었다가 상황의 심각성을

인식했다.

"탈출… 할 수 없게 되었나 보네요."

"아니. 그냥 뚫고 가면 되지."

"하지만……."

현성의 말에 유리는 전방을 주시했다.

이제 유리의 눈에도 꽤 많은 숫자의 팬텀이 지상은 물론 공중에서도 몰려오는 모습이 보였다.

"괜찮아. 오빠 믿지?"

"네!"

유리는 힘차게 고개를 끄덕였다.

그녀는 지금 대한민국이었다면 가장 믿어서는 안 되는 말 중 하나를 믿었다는 사실을 모를 것이리라.

그리고 잠시 후, 현성과 유리는 팬텀의 무리와 마주쳤다.

*   *   *

"이, 이상은 무리입니다!"

"바보 같은 소리 하지 마라! 그냥 닥치고 달려!"

마리사는 죽을상을 하고 있는 부하들을 돌아보며 소리쳤다.

현성과 헤어졌을 때만 해도 기계화 병사들은 스무 명이 넘었다.

하지만 지금 그들은 열 명이 조금 넘을 뿐이었다.

"대체 언제 이런 곳까지 팬텀이……."

마리사의 옆에서 뛰고 있던 존 카터 소령이 어금니를 악물며 중얼거렸다.

현성을 뒤로한 그들은 불과 얼마 지나지 않아 팬텀과 조우했다. 그들 입장에서는 미치고 팔짝 뛸 노릇이 아닐 수 없었다.

가지고 있는 탄약은 이미 바닥인데다, 부상자까지 있는 마당이었으니까.

그 때문에 현성이 팬텀을 상대로 시간을 벌겠다고 자신들을 먼저 보내지 않았던가?

그런데 도망친 그곳에 팬텀이 기다리고 있을 줄은 예상 밖의 상황이었다.

"으, 으아아아악!"

"로, 로버트!"

병사들의 맨 뒤에서 달리고 있던 로버트 하사가 비명을 질렀다.

그들은 등 뒤를 돌아봤다.

어두운 이라크 사막 위에서 무수히 움직이고 있는 붉은 광점이 보였다.

그들을 쫓고 있는 팬텀이다.

그리고 그것들 중 한 마리가 기계화 병사의 어깨를 입에 물고 이리저리 흔들고 있었다.

선혈이 낭자했다. 비명을 지르던 로버트 하사는 이내 몸이
축 늘어졌다.

"큭."

바로 눈앞에서 동료를 잃은 병사들은 이를 갈았다. 하지만
그들은 아무것도 하지 못한 채 이를 악물 뿐이었다.

지금까지 이런 식으로 벌써 열 명에 가까운 동료들이 죽어
가는 장면을 지켜볼 수밖에 없었다.

현재 그들의 장비로는 팬텀을 상대 할 수 없었으니까.

키이이잉!

"……!"

순간 등 뒤에서 들려오는 소리에 마리사와 기계화 병사들
은 숨을 들이켜며 놀란 표정을 지었다.

"산개!"

그중에서 마리사만이 놀란 목소리로 비명을 지르듯 부하
들에게 명령을 내렸다. 그녀의 명령에 정신을 차린 기계화 병
사들은 재빠르게 동료와 간격을 벌렸다.

그 직후,

즈즈즈즙!

쾅! 콰아앙!

그들 주위로 붉은빛이 쏟아지면서 폭발이 일어났다.

등 뒤에서 쫓아오던 팬텀이 레이저 공격을 가한 것이다.

기계화 병사들은 치솟아 오르는 모래 더미를 헤치고 쉬지 않고 달렸다.

다행히 사상자는 생기진 않았지만, 이미 그들의 얼굴에는 지친 기색이 역력했으며, 절망감이 엄습해 오고 있었다.

'여기까지… 인가?'

마리사는 시간이 지날수록 힘이 빠져나감을 느꼈다.

그녀는 현성을 볼 면목이 없어졌다.

지금 같은 상황이 생기지 않게 하기 위해 그녀는 현성을 뒤로했다.

그런데 이렇게 전멸 당할 상황에 처해질 줄이야.

키이이잉!

"큭."

등 뒤에서 다시 한 번 팬텀이 에너지를 집속시키는 소리가 들려왔다.

이제는 정말 끝이었다.

조금 전 공격으로 오차 수정이 끝났을 것이다.

이번 공격에는 분명 사상자가 나올 터.

"이 망할 괴물 새끼가!"

마리사는 달리다가 말고 반전했다.

그리고 개인 화기를 팬텀을 향해 겨누었다.

"……!"

순간 마리사는 놀란 표정을 지었다.

"너희들……."

마리사보다도 먼저 기계화 병사들이 몸을 돌리고 전투태세를 취하고 있었던 것이다.

도망을 쳐도 모자를 판에.

"대령님 혼자 싸우게 내버려 둘 수 없지 않습니까."

"그 꼬마랑 다시 만나셔야죠!"

"저 괴물 자식들한테 한 방이라도 날립시다!"

그들은 팬텀을 향해 총구를 겨누며 소리쳤다.

"……."

부하들의 말에 마리사는 조용히 웃음을 지었다.

지금까지 군 생활을 해오면서 저들이 함께 있어 지루하지 않았다.

또한, 마리사는 직감했다.

이제 저들과 함께 끝을 맞이할 때가 왔다고.

마리사는 자신의 부하들을 바라보며 소리쳤다.

"너희들의 마음은 알겠다! 전투태세를 갖춰라! 오늘은 죽기 좋은 날이니까!"

"Sir! Yes, Sir!"

마리사와 함께 기계화 병사들은 에너지를 집속 중인 팬텀을 향해 달려들려고 했다.

키이이이잉!

그리고 팬텀들은 에너지 임계점에 도달해 있었다.

팬텀의 입 앞에서 구체 형태로 집속되어 있는 에너지.

붉은빛의 파도가 쏟아지는 순간, 그들은 이라크의 어두운 사막에서 흔적도 없이 사라지리라.

이미 마리사를 비롯한 기계화 병사들은 죽음을 각오했기에 망설임 없이 팬텀을 향해 달려들었다.

번쩍! 푸슈우우웅!!

그 순간, 붉은빛이 작열했다.

키에에엑! 콰콰콰콰쾅!

돌연 팬텀의 비명 소리가 나는가 싶더니 폭발 소리가 울려 퍼졌다.

"뭐, 뭐지?"

마리사는 팬텀을 향해 돌진하다가 말고 놀란 표정으로 주변을 살폈다.

바로 그때,

번쩍! 새애애애애액!

공기 중의 먼지와 수분을 태우며, 기계화 병사들의 등 뒤로부터 붉은색 빛줄기가 사막을 가로질렀다.

콰아아앙! 키에에엑!

이라크의 사막을 가로지른 붉은색 빛줄기는 팬텀을 지워 버렸다.

"이, 이건……?"

자신들의 등 뒤에서 날아온 붉은색 빛줄기의 모습에 마리사는 두 눈을 부릅떴다.

그리고 그것은 병사들도 마찬가지였다.

"존 소령. 이건 설마……?"

"대령님도 그렇게 생각하셨습니까?"

마리사의 말에 존 카터 소령은 긴장과 환희로 얼룩진 표정으로 대답했다.

"메멘토모리!"

메멘토모리(Mementomori).

일찍이 마리사를 비롯한 미군 기계화 병사들이 환상의 섬에서 팬텀을 상대할 때 사용한 레일건(Railgun: 전자투사포)의 이름이었다.

레일건은 죽음을 상징한다는 메멘토모리의 이름이 붙은 병기답게 어머어마한 위력을 자랑했다.

조금 전 이라크의 사막을 가로지른 붉은빛의 일격에 디스토션 필드를 펼친 팬텀이 반항도 못하고 지워진 것만 보아도 그 위력을 알 수 있지 않은가?

번쩍! 번쩍!

키에에에엑!

어두운 사막을 가로지르며 붉은빛이 번쩍일 때마다 여지 없이 팬텀의 비명 소리가 귓가를 괴롭혔다.

하지만 마리사와 병사들은 전혀 개의치 않았다.

죽음의 위기에서 벗어난 그들에게 팬텀의 비명 소리는 대

수롭지 않은 일이었다.

"이탈한다!"

마리사는 후퇴 명령을 내렸다.

메멘토모리의 공격에 자칫하다간 자신들이 말려들 수도 있었으니까.

마리사와 병사들은 빠른 속도로 메멘토모리의 사격 지점에서 벗어났다.

"대체 누가……?"

사격 지점에서 벗어난 마리사는 놀란 눈으로 메멘토모리의 붉은빛이 날아온 곳을 바라봤다.

메멘토모리의 사격은 정확했다. 자신들이 피해를 입을 것 같은 장소에는 공격이 오지 않았으니까.

그렇게 의문을 안고 마리사와 미군 기계화 병사들은 메멘토모리가 발사된 지점으로 이동을 개시했다.

제 10 장
초거대 팬텀

"미군 기계화부대, 사선상에서 이탈했습니다."

기계화부대와 팬텀이 맞붙던 전장에서 약 3킬로미터 정도 떨어진 곳.

그곳에서 적외선 탐지 망원경으로 전장을 살피던 서유나가 차가운 목소리로 말했다.

"역시 마리사 대령. 눈치가 빠르군요."

그 말에 미국 DIA(Defense Intelligence Agency:미국 국방정보국)의 에이전트, 리처드가 미소를 지어 보였다.

그리고 리처드의 옆에 서 있던 중년 사내, 서진철 관장이 서유나를 바라보며 입을 열었다.

"그녀의 위치는?"

"기계화부대와 함께 이쪽으로 다가오고 있습니다."

"피해가 가지 않게 엄호하도록."

그렇게 말한 서진철 관장은 슬쩍 뒤를 바라봤다.

그곳에 각종 첨단 장치가 붙어 있는 약 2미터 정도의 포가 있었다.

메멘토모리를 양산화시킨 대팬텀 병기.

"저것의 위력은 남다르니까 말이야."

"알겠습니다."

서진철 관장의 말에 서유나는 고개를 끄덕이며 대답했다.

"그나저나 그녀가 오면 굉장히 놀라겠군요. 이만한 인원이 와 있으니."

리처드는 등 뒤를 바라보며 말했다.

지금 그들은 이라크 사막의 언덕 지대에 있었으며, 메멘토모리의 뒤쪽으로 엄청난 숫자의 사람들이 분주하게 움직이고 있었다.

흡사, 군대처럼.

"아시아 지역의 지부들과 각국 특수부대들이 투입되어 있지 않습니까. 거기다……."

리처드의 말에 서진철 관장은 메멘토모리를 양산화한 다섯 기의 레일건을 바라봤다.

"저것까지 있으니 말입니다."

아시아 지역의 마법 협회 지부와 각국 특수부대들.

그리고 미국이 개발한 메멘토모리까지.

지금 서진철 관장은 일본, 대만, 홍콩의 특수부대와 마법 협회 지부들을 이끌고 진을 치고 있었다.

어지간해선 서로 협력하지 않는 마법 협회의 각 지부들이 손을 맞잡고 이라크에 온 이유는 한 가지뿐이었다.

인류의 적, 팬텀.

그리고 각 지부에 도착한 한 통의 서신이 그들을 하나로 뭉치게 만들었다.

그만큼 마법 협회의 회장이라는 존재는 막강한 영향력을 가지고 있었다.

"그리고 저희뿐만이 아니지요."

리처드는 미소를 지으며 서진철 관장을 바라봤다.

리처드의 말에 서진철 관장은 고개를 끄덕였다.

그리고 물끄러미 언덕 아래를 내려다봤다.

지금 그는 디멘션 게이트가 열린 남쪽 지역을 담당하는 사령관이었다.

그리고 북쪽에는 러시아, 중국, 인도 연합군이 포진해 있으며, 동쪽에는 유럽 연합이, 서쪽에는 세계 초강대국인 미국이 포진해 있었다.

즉, 지금 세계 강대국들과 마법 협회 전 지부들이 디멘션 게이트가 열린 장소를 중심으로 포위하고 있는 형국이었다.

이라크의 사막에서 팬텀을 한 마리도 내보내지 않기 위해!

"상대는 인류의 적 팬텀. 그들은 세계와 싸워야 할 겁니다."

서진철 관장은 팬텀이 있는 장소를 노려보며 말했다.

* * *

디멘션 게이트의 북쪽 방면.

"엄청나군."

북쪽 방면 사령관 미하일은 뒷짐을 지고 팬텀이 모여 있는 장소를 바라봤다.

그는 마법 협회 러시아 지부의 지부장으로 러시아, 중국, 인도 연합군을 이끄는 사령관으로 선발된 노인이었다.

60세를 바라보고 있는 노인이었지만, 정광이 형형해 젊은 이 못지않았다.

"오랜만에 피가 끓어오르는구나."

미하일 사령관은 입가에 미소를 그렸다.

그의 앞에는 어마어마한 숫자의 팬텀이 어둠 속에서 붉은 광점을 그리며 다가오고 있었다.

거의 대부분 솔져급이거나 트루퍼급 팬텀이었다.

팬텀이 다가오자 미하일 사령관은 등 뒤를 돌아봤다.

그곳에는 러시아와 중국, 인도에서 뽑고 뽑은 정예 부대와 마법사가 포진해 있었다.

"공격 개시."

그의 명령에 마법사들이 주문을 외우기 시작했다.

그들이 가진 개인전용 아티팩트들이 각양각색의 빛을 뿌리며 마법을 발동했다.

슈슈슈숙! 새애애액!

쾅! 콰쾅!! 콰아아앙!!!

다양한 속성의 공격 마법이 팬텀을 향해 포물선을 그리며 떨어졌다.

우우우웅!

이에 맞서 팬텀은 디스토션 필드를 전개. 마법사의 마법 공격을 막아냈다.

"저게 디스토션 필드인가? 역시 성가신 능력이로군."

그 모습을 본 미하일 사령관은 혀를 찼다.

한눈에 봐도 팬텀이 그다지 피해를 입은 것 같지 않았기 때문이다.

단지 팬텀의 진격을 잠시 주춤거리게 만들었을 뿐이었다.

"할 수 없지. 안드레이, 울프독을 풀어라."

미하일 사령관은 옆에 있던 부관에게 명령을 내렸다.

"알겠습니다!"

안드레이라고 불린 부관은 미하일 사령관에게 경례를 한 후, 부하에게 명령을 전달했다.

"울프독 프로젝트를 발동한다! 반복한다. 울프독 프로젝트를 발동한다!"

울프독 프로젝트(WolfDog Project).

마법 협회 한국 지부가 아티팩트 비밀 연구소에서 연구한 프로젝트 중 하나다.

사실 그 프로젝트는 러시아와 기술 공유를 통해 서진철 관장이 추진한 것으로, 당시 한국 지부는 프로토타입 늑대개를 간신히 만들어냈다.

하긴 그럴 수밖에.

울프독 프로젝트의 첫 시작은 러시아였다. 그리고 러시아는 중국과 인도에 기술을 공유하고 함께 울프독 프로젝트를 진행했다.

그 결과 울프독 프로젝트는 대성과를 거뒀다.

갖가지 능력을 가진 늑대개들, 즉 생물병기의 양산에 성공한 것이다.

―크르르! 컹컹!

얼마 지나지 않아 개 짖는 소리가 사방에서 들려왔다.

다양한 종의 용맹스러운 맹견들이 팬텀을 향해 달려가고 있었다.

"능력 발동 완전 해제."

"울프독 프로젝트 능력 발동을 완전 해제합니다!"

미하일 사령관의 말에 부관이 따라 외치며 콘솔에 보안 코드를 입력했다.

울프독 프로젝트들은 머리에 삽입되어 있는 브레인 칩을 통해 컴퓨터로 명령을 내릴 수 있었다.

그리고 울프독이 가지고 있는 능력이란…….

파지직! 화르륵!

마법과 마찬가지인 속성 능력이었다.

어떻게 보면 초능력이라고 할 수 있지만, 그 기반은 마나이기에 마법에 가깝다.

거기다 신체능력도 비약적으로 올라간다.

민첩성, 공격력, 방어력 등등.

신체능력이 최대로 활성화 되어 있을 때는 관통력이 우수한 철갑탄조차도 손쉽게 막아낼 정도다.

깨갱! 깽! 깨개갱!

울프독과 팬텀이 맞붙기 무섭게 비명 소리가 난무한다.

울프독은 팬텀의 가벼운 공격에도 나가떨어지기 일쑤였다.

그 모습을 본 미하일 사령관은 턱을 쓰다듬으며 입을 열었다.

"능력을 해제했다고는 해도 팬텀이라는 생체병기에 비하면 역부족인건 사실이지."

팬텀은 이방인이 만들어낸 차원침략용 생체병기다.

그에 비하면 울프독은 조잡하기 짝이 없었다.

하지만……

컹! 크르르! 컹컹!

"물량전이라면 우리도 지지 않는다."

미하일 사령관은 씩 미소를 지었다.

러시아와 중국, 인도는 대국이다. 인구수가 어마어마하게 많다. 그리고 삼국이 만들어낸 울프독의 숫자 또한 헤아리기 힘들 정도로 많았다.

삼국 연합 진영에서 새까맣게 많은 울프독이 다시 한 번 뛰쳐나가며 팬텀을 향해 달려들었다.

디멘션 게이트의 동쪽 방면.

그곳은 영국, 프랑스, 스페인, 독일, 폴란드, 이탈리아 등등 유럽 연합 국가들이 손을 잡고 있는 진영으로, 자신들이 키워낸 비밀 특수 부대와 마법 협회 유럽 지부들이 힘을 합치고 있었다.

"좋지 않군."

"그러게 말이네."

"역시 팬텀이군."

천막으로 만든 임시 본부 내에서 여섯 명의 노인들이 혀를 차며 전황보고를 받는 중이었다.

상황은 명백하게 불리.

북쪽 방면처럼 마법사들의 마법 공격과 군 특수부대의 총기나 전차로 공격을 했지만 그다지 먹히지 않았던 것이다.

"역시 그걸 투입할 수밖에 없나?"

"어쩔 수 없지."

"팬텀에게 대항하려면 일반 병기는 무용지물이니 말이야."

여섯 명의 노인들은 서로 말을 주고받았다.

그들은 각각 유럽 지부를 대표하는 자들이었다.

"MS의 투입에 반대하는 자 있나?"

영국 대표 노인이 좌중을 둘러보며 말했다.

그 말에 나서는 노인은 아무도 없었다.

"그럼 만장일치로 MS를 투입하도록 하겠네."

"그러세."

"비장의 카드지만 어쩔 수가 없군."

노인들은 저마다 고개를 끄덕이며 MS라는 것의 투입을 승인했다.

동쪽 방면 전선.

번쩍!

가느다란 붉은빛 선이 어둠을 가르며 팬텀을 향해 쇄도한다.

티잉!

하지만 팬텀의 디스토션 필드에 가로막혀 산산이 부서지

며 붉은빛의 입자를 허공에 뿌렸다.

팬텀은 거침없이 진격했다.

바로 그때!

슈우우우웅! 콰아아아아아앙!

키에에엑!

무언가 거대한 물체가 포물선을 그리며 떨어져 내리더니 팬텀을 디스토션 필드째로 바닥에 처박아 버렸다.

팬텀을 바닥에 처박은 무언가가 자리에서 일어났다.

"별 것 아니군."

그 무언가는 다름 아닌 인간이었다.

"아니, MS의 성능 덕분인가?"

유럽 연합 MS 부대의 병사인 그는 자신의 몸을 내려다봤다.

MS. 통칭 매직 슈트(Magic Suit).

MS란 유럽 연합에서 최첨단의 과학기술과 마법을 조합하여 만들어낸 마법 갑옷의 명칭이었다.

하위서클에 한해서지만 대마법 방어능력도 있는데다, 착용자의 신체 능력을 극한까지 올려준다.

마법사에게 있어 천적과도 같은 존재가 아닐 수 없었다.

그뿐만이 아니다.

매직 슈트의 개발에는 고대 유적에서 발굴한 아티팩트, 오파츠(Oopats: Out—of—Place Atrifacts)의 기술이 들어가 있다.

그 때문에 매직 슈트에는 각기 비장의 병기가 탑재되어 팬텀의 디스토션 필드를 무용지물화 시킬 수 있었다.

조금 전, MS 부대의 병사가 팬텀을 디스토션 필드 채 바닥에 처박아 행동을 정지시킨 것처럼 말이다.

그 외에도 MS 부대의 병사들은 매직 슈트가 가지고 있는 각기 다른 능력을 활용해 팬텀을 상대했다.

그들 중에는 빛을 집속시켜 검처럼 만들어서 디스토션 필드를 잘라내는 자도 있었다.

그렇게 유럽 연합은 밀리는 전황에서 MS 부대를 투입하여 전황을 유리하게 이끌고 가기 시작했다.

디멘션 게이트의 서쪽 방면.

그곳은 미국 부대가 단독으로 지키고 있었다.

마법 협회 본부에서 직접 차출해온 정예 마법사와, 미군과 마법 협회가 협력하여 만들어낸 대팬텀 병기가 즐비했다.

그리고 그곳에서 금발머리에 콧수염을 기른 50대 후반의 사내가 언덕 위에 선 채 팬텀이 있는 쪽을 바라보고 있는 중이었다.

"후……."

사내는 파이프 담배를 한 번 빨아들인 후, 연기를 내뿜었다. 그가 바로 서쪽 방면을 맡고 있는 미국 부대의 사령관, 더글라스였다.

그는 군부대 장관 출신으로 마법 협회 본부와 협력하여, 마법사 부대는 물론 비밀 특수 부대를 이끌게 되었다.

"메멘토모리는?"

"전(全) 메멘토모리 준비 끝났습니다. 언제든지 쏠 수 있습니다."

"좋아."

자신의 옆에 서 있던 부관의 대답에 더글라스 사령관은 만족스러운 미소를 지었다.

그리고 언덕 아래에서 바글바글하게 기어오는 팬텀의 붉은 광점을 차가운 눈빛으로 내려 보며 입을 열었다.

"발사."

"메멘토모리 개(改) 발사!"

더글라스 사령관의 명령을 부관이 복명복창했다.

그 직후,

번쩍! 슈아아아아아악!

한 번에 수십 발이 넘는 붉은색 빛줄기가 공기 중의 먼지와 수분을 태우며 팬텀을 향해 내리꽂혔다.

콰아아아아아앙!

팬텀이 모여 있는 곳에서 대규모 빛의 폭발이 일어났다.

오리지널 메멘토모리에 비해 위력은 떨어지지만, 수십 발이 넘는 붉은빛의 일격은 가공할 위력을 보여주었다.

메멘토모리를 양산화한 길이 2미터의 포가 미국 부대의 뒤에 즐비하게 나열되어 있었다.

"제2열, 제3열 발사."

이어지는 더글라스 사령관의 명령에 다시 한 번 붉은 빛줄기가 어두운 사막을 가르며 뿌려졌다.

그 일격에 팬텀의 디스토션 필드는 맹렬한 붉은빛을 내며 과부하를 일으키다가 결국 깨지고 말았다.

디멘션 게이트를 중심으로 인류가 벌이고 있는 방어전.

전 세계가 하나가 되어 연합군을 구성했다.

세계 연합군은 디멘션 게이트로부터 기어 나오고 있는 팬텀의 공세를 그럭저럭 막아내고 있었다.

언젠가 팬텀의 침략이 시작될 거라 생각하고, 그에 대비하기 위해 전 세계의 강대국들이 마법 협회의 각 지부와 협력하여 대책을 준비하고 있었으니 말이다.

그리고 지금 그 성과가 빛을 발하고 있는 중이었다.

손도 발도 쓰기 힘든 팬텀의 디스토션 필드에 대항할 병기들이 만들어져 대등하게 전투를 벌일 수 있게 되었으니까.

각 방면의 연합군들은 팬텀의 공세를 막아내며, 단 한 마리도 포위 진형에서 벗어나지 못하게 전력을 다했다.

팬텀 중에는 하늘을 날 수 있는 공중형도 있었지만, 그것들은 어김없이 격추되고 있었다.

미국에서 개발한 메멘토모리의 기술을 응용시킨 대공포를

사면에 골고루 배치시켜 놓았던 것이다.

세계 연합군은 팬텀에게 밀리지 않고 전선을 유지하며 일진일퇴를 거듭했다.

하지만……

즈ㅇㅇㅇㅇㅇㅇㅇ옹.

각 방면에서 공간을 진동시키는 울림이 이라크 사막 전역을 뒤흔들었다.

그것은 팬텀의 반격을 알리는 전주곡이었다.

*　　*　　*

디멘션 게이트를 중심으로 세계 연합군이 방어전을 벌이고 있는 각 방면과는 다른 전장.

디멘션 게이트와 가장 근접한 곳에서 팬텀과 싸우고 있는 자들이 있었다.

"썬더 볼트(Thunder Blot)!"

콰앙!

트루퍼(Trooper)급 팬텀에게 현성이 5클래스 전격 마법을 시전하자 노란 번개가 하늘에서 번쩍이며 내리꽂혔다.

키에에엑!

번쩍거리며 지그재그로 내려온 노란 전격은 단 일격에 트루퍼급 팬텀의 디스토션 필드를 꿰뚫고 본체에 피해를 주었다.

썬더 볼트에 당한 트루퍼급 팬텀은 사막 바닥에 주저앉은 채 미동도 하지 않았다.

단 일격에 침묵한 것이다.

기기긱! 다각다각! 휘이익!

"큭!"

현성은 재빠르게 뒤로 살짝 물러났다.

현성이 있던 자리로 솔져(Soldier)급 팬텀이 날카로운 앞다리를 휘두르며 지나쳐 갔다.

"스모크 섀도우!"

솔져급 팬텀의 뒤로 허리까지 내려오는 은색 머리카락을 나부끼며 유리가 달려들었다.

어두운 밤하늘에 걸려 있는 하얀 달빛을 은빛으로 반사하며 유리는 솔져급 팬텀의 등에 군용 대검을 찔러 넣었다.

즈즈증!

팬텀 중에서 가장 작은 솔져급이라고 해도 팬텀은 팬텀.

당연히 디스토션 필드를 전개하며 솔져급 팬텀은 유리의 공격에 저항했다.

"중화(中和)!"

하지만 상대가 나빴다.

유리는 팬텀 세포를 이용한 프로젝트 페리 칠드런의 단 하나 남은 생존자. 팬텀처럼 디스토션 필드를 전개하는 게 가능했으며, 그건 곧 팬텀의 디스토션 필드를 중화하여 무력화시킬 수 있다는 뜻이었다.

푹!

기이이익!

유리의 군용 대검에 등을 뚫린 솔져급 팬텀은 외마디 비명과 함께 털썩 주저앉듯 쓰러졌다.

"하아하아.

솔져급 팬텀을 처리한 유리는 가쁜 숨을 몰아쉬었다.

그리고 금방이라도 쓰러질 것처럼 힘겹게 몸을 가누며 용케 자리에서 버티고 섰다.

"괜찮아?"

"예. 아직 버틸 수 있어요."

지친 기색이 역력한 표정이었지만 유리는 웃으며 대답했다.

'이대로 가다간…….'

그 모습을 본 현성은 유리 모르게 눈살을 살짝 찌푸리며 주변을 둘러봤다.

현성과 유리 주변에는 크고 작은 산이 가득 쌓여 있었다.

전부다 팬텀의 시체들이다.

거의 대부분이 솔져급이거나 트루퍼급으로 다행스럽게도 전차급은 아직 모습을 드러내고 있지 않았다.

하지만 수가 문제였다.

지금까지 현성이 쓰러트린 팬텀의 숫자만 해도 수백은 넘어간다. 유리도 솔져급 팬텀 위주로 백에 가까운 수를 쓰러트렸다.

　그럼에도 불구하고 지금 현성과 유리의 주변에는 수도 없이 많은 붉은 광점이 어둠 속에서 빛을 내며 자신들을 노려보고 있었다.

　'어떡하지?'

　현성은 자기도 모르게 식은땀을 흘렸다.

　팬텀의 물량이 너무나 많았다.

　지금은 버틸 수 있어도 시간이 지나면 마나가 바닥난다. 그리고 유리의 상황을 보니 그녀는 이미 한계에 다다라 보였다.

　가장 좋은 방법은 이곳에서 탈출하는 것이다.

　그러나 탈출 방도가 없었다.

　텔레포트는 디멘션 게이트가 공간왜곡 현상을 일으키고 있는 탓에 사용할 수 없었으며, 유리를 품에 안고 빠르게 이동하여 빠져나가기도 여의치 않았다.

　팬텀에게는 빛의 속도로 공격할 수 있는 레이저 병기가 있었으니까.

　자신 혼자면 모르겠지만, 유리를 데리고 몸을 빼기에는 힘든 상황이었다.

　즈오오오오오옹!

　"……!"

바로 그때, 디멘션 게이트 쪽에서 무언가 알 수 없는 거대한 울림이 퍼져 나왔다.

"뭐, 뭐지?"

쿠우우우웅!

갑작스럽게 들려온 소리에 상황을 확인하려던 현성은 자리에서 비틀거렸다.

마치 지진이라도 난 것처럼 지면이 흔들렸던 것이다.

'이, 이건!'

현성은 직감적으로 알아차렸다.

지금 지면의 흔들림은 지진이 아니다. 그리고 지하에서 무언가가 폭발을 일으킨 것도 아니었다.

"미친……."

현성은 고개를 올려다보며 기가 막힌 표정을 지었다.

저 먼 곳에 어마어마하게 큰 팬텀 하나가 보였던 것이다.

조금 전 있었던 지면의 흔들림은 초거대 팬텀이 움직이면서 일어난 일이었다.

"저, 저게 뭔가요……?"

유리는 새파랗게 질린 얼굴로 질문해 왔다.

임시로 만든 실험실에서 탈출했을 때도 저런 초거대 팬텀은 보지 못했다.

그리고 아무리 현성이라고 해도 눈앞에 있는 팬텀이 무엇인지 알 수 있을 리 없었다.

'이대로라면… 인류는 팬텀에게 질 수밖에 없어.'

현성은 눈앞에 있는 초거대 팬텀을 바라보며 눈살을 찌푸렸다.

＊　　　＊　　　＊

디멘션 게이트를 중심으로 포위진을 짜고 팬텀을 막고 있던 세계 연합군들은 최악의 사태를 맞이했다.

세계 연합군들이 담당하고 있는 각 방면들.

바로 그곳에 초거대 팬텀이 하나씩 모습을 드러내기 시작했던 것이다.

디멘션 게이트의 북쪽 방면.

"저건 대체 뭐야! 저런 게 있다는 소린 난 들은 적 없다고!"

미하일 사령관은 갑작스럽게 나타난 초거대 팬텀을 향해 삿대질하며 소리쳤다.

"……."

하지만 그 누구도 미하일 사령관의 말에 대답하지 않았다. 북쪽 방면의 마법사와 병사들은 넋이 나간 표정으로 자신들의 눈앞에서 모습을 드러내고 있는 초거대 팬텀을 바라보고만 있을 뿐이었다.

즈오오오오오옹!

높이만 약 30미터, 폭은 약 20미터 정도에 길이는 무려 60미터나 되는 초거대 팬텀.

저렇게 거대한 팬텀을 상대로 자신들이 무엇을 할 수 있단 말인가?

초거대 팬텀의 등장에 북쪽 방면을 맡고 있는 러시아, 중국, 인도 연합군은 전의가 점점 더 사라져가고 있었다.

디멘션 게이트의 남쪽 방면.

"……."

서진철 관장은 이를 악물며 눈앞에 있는 초거대 팬텀을 노려봤다.

"팬텀 중에는 저런 것도 있습니까?"

남쪽 방면을 담당하는 아시아 연합군 앞에 나타난 초거대 팬텀의 모습에 리처드는 현기증이 일어날 것 같은 표정으로 중얼거렸다.

하지만 서진철 관장은 리처드의 말에는 대답하지 않고 오히려 갑작스럽게 질문을 던졌다.

"디멘션 게이트의 크기는 어느 정도입니까?"

"예? 예. 대략 10미……!"

갑작스러운 서진철 관장의 질문에 당황하며 대답하던 리처드는 이내 놀란 표정을 지었다.

"고작 10미터 크기의 디멘션 게이트에서 저런 게 나타났다이 말입니까?"

리처드의 말에 서진철 관장은 눈살을 찌푸리며 턱을 쓰다듬었다.

현재 알려진 디멘션 게이트의 크기는 약 10여 미터.

절대 저렇게 거대한 팬텀이 통과해서 나올 수 없다.

하지만 그럼에도 불구하고 지금 그들의 눈앞에는 수십 미터는 우습게 넘는 초거대 팬텀이 모습을 드러내고 있었다.

"대체 어떻게……."

서진철 관장은 초거대 팬텀을 죽일 듯이 노려보며 이를 악물었다.

저렇게 거대해서야 자신들이 어떻게 할 수 없었으니까.

상황은 동쪽 방면도, 서쪽 방면도 마찬가지였다.

사방에서 갑작스럽게 나타난 초거대 팬텀.

그 크기에 압도된 연합군은 전의가 크게 위축되었다.

그리고 미국과 유럽 연합에서는 핵을 써야 한다는 소리가 나오기 시작했다.

하지만 아무리 핵병기라고 해도 팬텀에게 통할지 미지수였다. 애초에 핵으로 해결될 문제였다면, 세계 각국이 마법 협회와 협력하여 팬텀에 대항하기 위한 병기를 개발하려고 했겠는가?

핵을 사용할 경우 오히려 더 안 좋은 결과가 나올 수도 있었다. 팬텀이 핵폭발에 어떤 반응을 보일지 알 수 없었으니까.

그래도 이대로 있을 수는 없었기에 세계 강대국들은 비밀리에 회담을 가지고 논의하기 시작했다.

그 결과가 언제, 어떻게 나올지는 아무도 알 수 없었다.

그렇게 세계 연합군들이 유지하고 있던 전선은 초거대 팬텀의 등장에 무너져 내리기 시작했다.

*   *   *

"어처구니가 없군."

현성은 자신의 눈앞에 나타난 초거대 팬텀을 노려보며 쓴웃음을 지었다.

"저렇게 거대한 팬텀도 있었단 말인가."

기가 막혀 웃음밖에 나오지 않는다.

대체 어떻게 저런 대형 팬텀이 나타난 것일까?

그리고 어떻게 해야 저런 괴물을 쓰러트릴 수 있을까?

즈으으으으으으옹!

초거대 팬텀으로부터 포효 소리가 들려왔다.

"크윽……."

크기가 크기인 만큼 공간이 미친 듯이 진동하며 충격파까지 전해져 왔다.

'대체 어떻게 해야…….'

초거대 팬텀은 도합 5개체.

세계 연합군이 방어하고 있는 각 방면과 지금 현성이 있는 장소에 나타나 있었다.

꼬옥.

"……."

현성은 등 뒤를 꼭 붙잡는 손길을 느꼈다.

등 뒤에서 유리가 옷자락을 붙잡은 것이다.

"괜찮아. 내가 어떻게든 할 테니까."

현성은 부드럽게 웃으며 유리의 머리를 쓰다듬어 주었다.

'9클래스를 마스터했다면 손쉬웠을 것을…….'

본래 현성은 9클래스 마스터가 되는 게 이번 생에서의 목표였다.

이드레시안 차원계에서 이루지 못한 단 하나 남은 미련이었으니까.

하지만 마법 협회와 엮이게 되면서 팬텀에 대해 알게 되어 바쁘게 지냈다.

그 덕분에 8클래스를 마스터하는 기연을 얻게 되었지만, 여전히 9클래스의 길은 묘연하기만 했다.

만약 지금 자신이 9클래스였다면, 눈앞에 있는 초거대 팬텀이라고 해도 충분히 상대 할 수 있었으리라.

현성은 날카로운 눈으로 초거대 팬텀을 노려봤다.

초거대 팬텀의 생김새는 마치 원통형 모양의 벌레처럼 생겼다. 초거대 팬텀의 무수히 많은 다리가 움직일 때면 지진이 일어난 것처럼 지면이 흔들렸다.

그 압박감은 어마어마했다.

번쩍!

"……!"

순간 현성은 눈을 부릅떴다.

돌연 초거대 팬텀의 붉은 눈이 빛을 발한 것이다.

'제길!'

현성은 재빨리 8클래스 마법을 시전했다.

"앱솔루트 실드(Absolute Shield)!"

절대 방어 마법이 시전되자 현성과 유리의 주변에 반투명한 막이 생겨났다.

콰아아아아아앙!

현성과 유리를 중심으로 거대한 폭발이 일어났다.

초거대 팬텀에 현성과 유리를 향해 공격을 가했던 것이다.

마치 자신이 가는 길에 있는 기분 나쁜 벌레를 쳐 죽이는 것처럼.

"큭. 무슨 위력이… 쿨럭!"

"오, 오빠!"

현성이 입에서 피를 토하자 유리가 놀란 얼굴로 부축한다.

초거대 팬텀의 공격을 막아내긴 했지만, 마나서클의 마나가 요동치며 내부를 뒤흔들었다.

그만큼 초거대 팬텀의 공격은 위력적이었다.

현성은 가늘게 뜬 눈으로 숨을 몰아쉬며 초거대 팬텀을 노려봤다.

초거대 팬텀의 이마 부분에서 거대한 붉은빛이 집속되는 모습이 보인다.

분명 이번 일격으로 현성과 유리를 지워 버리려고 하는 것일 테지.

'완전한 상태였다면 이렇게까지 당하진 않을 텐데…….'

초거대 팬텀을 만나기 전부터 이미 현성은 간당간당한 상태였다. 러시아 비밀 군사기지의 지하 연구소를 혼자서 제압하고, 수백이 넘는 팬텀을 쓰러트렸다.

아무리 현성이 8클래스 마스터라고 해도 지치지 않을 수 없었다.

그런 상황에서 등장한 수십 미터의 초거대 팬텀의 등장.

위험한 상황이 아닐 수 없었다.

키이이이이이이이잉!

"크윽……."

현성은 유리의 부축을 받으면서 일어섰다.

초거대 팬텀의 다음 공격을 막아내야 했으니까.

"오빠……."

"괜찮아. 내가 꼭 지켜줄 테니까."

현성은 걱정스러운 표정을 짓는 유리의 머리를 쓰다듬어 주며 말했다.

하지만 유리도 안다.

지금 상황이 얼마나 위험한지를.

"네. 믿어요."

유리는 현성의 가슴에 얼굴을 파묻었다.

최후의 순간, 현성의 품 안에서 죽음을 맞이할 생각이었다.

그 순간,

번쩍!

초거대 팬텀이 에너지를 집속하고 있던 붉은빛 구체가 현성과 유리를 향해 쇄도하기 시작했다.

어두운 이라크 사막을 밝히며 불길한 붉은빛 구체가 날아든다.

그것에 대항하기 위해 현성은 손을 들었다.

위잉! 기긱! 위이잉!

여덟 개의 마나서클이 금방이라도 부서질 것처럼 삐걱거리며 맹렬히 회전을 시작한다.

"앱솔루트 실드."

현성은 조용한 목소리로 중얼거리며 8클래스 마법을 시전했다. 현성과 유리를 감싸며 반투명한 막이 나타났다.

하지만 바람의 촛불처럼 반투명한 막은 요동을 치고 있었다.

‘끝… 인가.’

자신을 향해 다가오는 붉은빛 구체를 바라보며 현성은 쓴 웃음을 지었다. 아직 가족들에게도 해준 것이 없는데 이렇게 끝을 내야 한다니.

ㅡ포기하지 마라, 나의 벗이여. 내가 그대를 도와줄 테니.

“……!”

갑작스럽게 머릿속에서 울려 퍼지는 목소리!

그 소리에 현성은 놀란 표정을 지었다.

그 순간,

번쩍! 콰아아아아앙!

조금 전 있었던 폭발과는 비교도 안 되는 대폭발이 일어났다.

아무리 현성이라고 해도 이 폭발에는 버틸 수 없을 터.

최후를 맞이했다고 밖에 생각할 수 없었다.

하지만…….

“이건…….”

폭염과 폭연이 가라앉고 현성과 유리가 모습을 드러냈다.

그들의 주변에는 찬란하게 밝은 빛을 내고 있는 보호막이 형성되어져 있었다.

초거대 팬텀의 붉은빛 구체를 막아낸 것이다.

“설마?”

현성은 고개를 상공으로 치켜들었다.

현성이 있는 상공에 밝은 빛을 내며 모습을 드러내고 있는 거대한 존재가 있었다.

"너, 너는?!"

갑작스럽게 나타난 빛나는 존재의 모습에 현성은 놀란 표정으로 소리쳤다.

"요르문간드!"

마법 협회 일본 지부를 상대하면서 만났던 요르문간드가 다시 한 번 현성의 눈앞에 나타난 것이다.

제 11 장
신수(神獸) 등장

현성은 놀란 눈으로 하얗게 빛나는 거대한 뱀을 올려다봤다.

"대체 어떻게⋯⋯?"

─팬텀의 공세를 손 놓고 볼 수 없지 않나. 저것들이 다시 이쪽 세계로 오게 되면 곤란한 건 인간뿐만이 아니다. 그래서 나를 비롯한 일부 신수부터 먼저 참전하기로 했다. 뭐, 아직도 뒷짐을 지고 상황을 지켜보는 자들이 훨씬 더 많지만.

요르문간드는 현성의 의문에 답했다.

"신수라고? 그럼 언젠가 신들도?"

요르문간드의 말에 현성은 놀라지 않을 수 없었다.

신수라니. 그렇다면 신도 다시 모습을 드러낼 수 있다는 말이 아닌가?

—유감스럽게도 그럴 일은 없을 것이다. 신들은 다른 차원으로 떠났다. 이 세계에는 나를 비롯한 신수만이 남아 있을 뿐이지. 그마저도 대부분이 지켜보자는 쪽으로 기울어 있다.

"그렇군."

현성은 고개를 끄덕였다.

신들의 참전.

당장 팬텀과의 대전에서는 도움이 될지는 모르나 그 이후가 문제다. 이 세계로 돌아온 신이 현대의 인류를 어떻게 대할지 알 수 없었으니까.

'지금은 팬텀이 우선이다.'

다시 나타날지, 나타나지 않을지 모르는 신보다 눈앞에 있는 팬텀부터 어떻게 해야 했다.

현성은 요르문간드를 바라봤다.

일본에서 봤을 때보다, 약 두 배는 커 보였다.

"아무튼 도와줘서 고맙군. 그리고 그게 너의 본 모습인가?"

—설마. 이 모습은 내 능력의 절반을 쏟아 부어 만든 분신이다. 일본에서 봤을 때보다는 훨씬 더 쓸 만한 몸이지.

"그거 든든하군."

현성의 말에 요르문간드는 소리 없는 미소를 지었다.

그리고 이내 현성을 향해 텔레파시를 보내왔다.

—이걸 받아라.

요르문간드에게서 하얀빛의 구체가 생겨나더니 현성을 향해 쏜살같이 날아들었다.

하얀빛의 구체는 순식간에 현성의 몸 안으로 흡수되었다.

"이, 이건?"

현성은 눈을 동그랗게 뜨며 놀란 표정을 지었다.

하얀빛의 구체가 몸속으로 흡수된 순간 활력이 넘치기 시작했던 것이다.

활력뿐만이 아니라 바닥을 보이려고 하던 마나가 3할 정도 차올랐다.

요르문간드가 날린 빛의 구체가 정확히는 무엇인지 모르지만, 현성의 몸과 마나를 회복시켜 주었던 것이다.

—이걸로 너도 싸울 수 있을 테지.

"빚을 졌군."

—나의 벗에게 이 정도는 해주어야지.

그렇게 요르문간드가 현성의 말에 대답하며 씨익 웃을 때였다.

번쩍! 콰아아아앙!

돌연 붉은 섬광이 요르문간드를 덮치며 폭염과 폭음이 솟구쳤다.

"큭!"

"꺄악!"

상공에서 일어난 폭발은 그 아래에 있던 현성과 유리에게도 영향을 주었다.

―예의를 모르는 놈이로군.

폭염과 연기가 걷히며 길이가 약 50미터에 가까운 요르문간드가 다시 모습을 보였다.

샤아아아아아!

요르문간드는 거대한 하얀 독니를 드러내며 포효성을 내질렀다.

후우우우우웅! 콰콰콰콰콰콱!

단지 그것만으로도 부채꼴 모양의 충격파가 요르문간드의 앞으로 퍼져 나갔다.

키에에엑!

그 덕분에 크기가 5미터를 넘지 못하는 솔져급 및 트루퍼급 팬텀이 충격파에 휩쓸려 나가떨어졌다.

'대, 대단하군.'

그 모습을 바로 눈앞에서 지켜본 현성은 혀를 내둘렀다.

쫘악.

'응?'

그때 현성은 자신의 코트자락을 잡아끄는 손길을 느꼈다.

고개를 돌려보니 유리가 긴장과 놀람이 반반 섞인 표정을 짓고 있었다.

"저, 저건 대체 뭔가요?"

유리는 검지를 하늘을 향해 살짝 올렸다 내렸다하면서 현성에게 질문했다.

"요르문간드."

"요르문간드라니… 설마 북유럽 신화의 그 요르문간드를 말하는 건가요?"

"응."

"……"

현성의 대답에 유리는 멍한 표정으로 침묵했다.

그러다가 이내 입을 열었다.

"우리 편인가요?"

"그래."

"그럼… 우린 산 건가요?"

유리는 기대감이 깃든 얼굴로 현성의 입을 바라봤다.

그런 유리에게 현성은 미소를 지으며 대답했다.

"그래. 이제 걱정하지 않아도 돼."

현성은 유리의 머리를 슥슥 쓰다듬어 주었다.

그리고 상공에 떠 있는 요르문간드를 향해 소리쳤다.

"요르문간드!"

―왜 부르나, 나의 벗이여.

"이 아이를 부탁한다."

―그 아이는?

"내 소중한……."

'아.'

현성의 '소중한'이라는 말에 유리는 살짝 붉어진 얼굴로 귀여운 미소를 지었다.

그리고 기대감에 가득 찬 표정으로 현성을 바라봤다.

"…여동생이다."

"……."

하지만 이어지는 현성의 말에 유리는 낙담한 표정으로 고개를 숙였다.

'하아… 그래, 지금은 여동생으로 만족하자!'

유리는 속으로 주먹을 불끈 쥐며 현실과 타협했다.

―그러지.

요르문간드는 현성의 말을 흔쾌히 받아들였다.

우우웅!

"……!'

유리는 자신의 몸 중심에서 빛의 구체가 생겨나자 놀란 표정을 지었다.

―이 아이를 안전한 장소에 보내면 되겠지?

그때 돌연 유리의 머리 바로 위에서 하얗게 빛나는 작은 뱀이 나타났다. 10센티 정도 되는 미니멈 사이즈의 요르문간드가 또아리를 틀고 유리의 머리에 자리 잡은 것이다.

"어. 부탁한다. 마리사 대령에게 내가 보냈다고 하면 알아들을 거야."

―알겠다. 맡겨둬라.

미니멈 사이즈의 요르문간드는 작은 머리를 끄덕였다.

그러자 유리의 몸이 떠오르기 시작했다.

"오, 오빠."

"걱정하지마. 반드시 돌아올 테니까, 먼저 안전한 장소로 가 있어."

현성은 놀란 표정으로 자신을 바라보는 유리에게 웃으며 말했다.

"꼭 찾아주세요! 꼭!"

그 말을 끝으로 유리는 빛의 구체와 함께 날아가기 시작했다.

그렇게 유리가 사라지자 현성은 전방을 바라봤다.

"그럼……."

―시작해 볼까, 나의 벗이여.

현성과 요르문간드는 눈앞에서 다시 몰려오기 시작하는 팬텀 군단들과 초거대 팬텀을 노려보며 씩 미소를 지었다.

*　　　*　　　*

한편, 디멘션 게이트를 중심으로 각 방면에 포위진을 형성하고 있던 세계 연합군은 경악에 빠져 있었다.

디멘션 게이트 북쪽 방면.

벌레처럼 생긴 초거대 팬텀의 등장에 패닉 상태였던 러시아, 중국, 인도 연합군은 이제 뭐가 뭔지 모르겠다는 표정으로 상공을 주시하고 있었다.

"오늘은 정녕 인류 종말의 날이라도 된다는 말인가?"

미하일 사령관은 핏기가 싹 가신 얼굴로 이마에서 흐르고 있는 땀을 닦아냈다.

물량에는 물량으로.

그 생각으로 대량의 생물병기를 팬텀에게 풀었다.

하지만 팬텀은 만만치 않았다.

울프독의 활약으로 그럭저럭 전선을 유지하고 있었지만, 초거대 팬텀이 등장하면서 단숨에 전황이 기울었다.

초거대 팬텀이 무지막지한 에너지 공격과 어디선가 나타난 팬텀이 물량 공세를 펼치기 시작했던 것이다.

그 덕분에 미하일 사령관은 전선을 후퇴시킬 수밖에 없었고, 지금도 후퇴 중이었다.

그런 상황에서 돌연 상공에 화염으로 불타오르는 거대한 새 한 마리가 나타났다.

미하일 사령관은 모든 것을 포기한 표정으로 새카맣게 몰려오는 팬텀과 불사조 피닉스를 바라봤다.

그야말로 인류 최후의 날이 아닌가?

"끝났어. 모든 게 다 끝났어. 크크크큭!"

미하일 사령관은 미친 듯이 광소를 터트렸다.

초거대 팬텀도 버거운데, 이번에는 화염으로 타오르고 있는 거대한 새라니!

미하일 사령관은 모든 게 끝났다고 생각했다.

불사조 피닉스가 초거대 팬텀을 공격하기 전까지는.

삐이이이익!

피닉스는 괴성을 지른 후, 부리를 벌렸다.

화르르르륵!

그러자 시뻘겋게 타오르는 화염 구체가 모여드는 게 아닌가?

투학! 콰아아아아앙!

이윽고 화염 구체는 피닉스의 부리에서 쏘아져 팬텀 진영으로 떨어지면서 대폭발을 일으켰다.

"어?"

갑작스럽게 눈앞에서 벌어지고 있는 믿어지는 광경에 미하일 사령관은 어리둥절한 표정을 지었다.

미하일 사령관뿐만이 아니라 북쪽 방면에 있던 모든 마법사와 병사도 마찬가지였다.

화염으로 타오르는 정체불명의 거대한 새가 초거대 팬텀을 공격하다니!

삐이이이익!

미하일 사령관을 비롯한 북쪽 방면 연합군들이 놀라든지 말든지 상관하지 않고 피닉스는 팬텀의 상공을 날아다니며 화염을 계속 토해냈다.

콰아앙! 키에엑!

화염이 내뿜어질 때마다 폭발이 일어났고 팬텀은 비명을 지르기 바빴다.

그 모습을 북쪽 방면 연합군은 놀란 눈으로 바라보고 있을 뿐이었다.

디멘션 게이트 남쪽 방면.

서진철 관장은 물론 언제나 차가운 무표정을 유지하던 서유나의 얼굴에 금이 쩍 가 있었다.

"용··· 이죠, 저거?"

"그런 거 같군."

팬텀의 상공.

그곳에는 동양에서 전설상으로 전해져 내려오는 거대한 용이 한 마리 있었다.

서양에서 전해져오는 다리가 네 개에 날개가 달려 있는 드래곤이 아니라, 입에는 여의주를 물고, 뱀처럼 긴 몸에 짧은 다리가 네 개 붙어 있다.

전형적인 동양의 전설 속에서 전해져 내려오는 용이다.

용은 노란 번개가 치고 있는 먹구름 속을 자유롭게 드나들며 아래에 있는 팬텀을 살피고 있었다.

"저것도 팬텀… 인걸까요?"

"글쎄……."

서유나의 질문에 서진철 관장은 말꼬리를 흐렸다.

눈앞에 있는 용이 적인지 아군인지 구분이 가지 않았다.

'어떻게 한다?'

서진철 관장은 미간을 좁혔다.

미군에서 빌린 메멘토모리의 양산기와 마리사가 이끄는 기계화부대가 합류했다. 거기다 자신이 이끌고 온 아시아 연합의 전력도 있었다.

하지만 그럼에도 눈앞에 나타난 초거대 팬텀을 어찌하지 못한 채, 전선은 패퇴를 거듭하며 밀려나고 있는 상황이었다.

그런 상황에서 갑작스럽게 등장한 거대한 용.

'적인가, 아니면 아군인가.'

서진철 관장은 용을 노려봤다.

쩌억.

"……!"

한참 서진철 관장이 어떻게 할까 고민하고 있을 때, 돌연 용의 입이 열렸다.

그리고 용의 입 속에서 노란 전격들이 스파크를 번쩍이며 모여들기 시작했다.

얼마 지나지 않아 노란 전격의 구체는 초거대 팬텀을 향해 날아갔다.

콰앙! 파지지지직!

노란 전격의 구체는 초거대 팬텀과 충돌하자 스파크를 사방에 뿌리며 폭발했다.

키에에엑!

초거대 팬텀 주변에 있던 솔져급 및 트루퍼급 팬텀이 전격에 구워지며 비명을 질렀다.

즈오오오오오옹!

그리고 초거대 팬텀도 괴성을 길게 지르며 한쪽으로 몸이 기울었다.

"저, 저럴 수가……!"

용이 날린 일격의 위력에 남쪽 방면 연합군은 하나 같이 놀란 얼굴로 입을 벌렸다.

"아군이다! 저 용은 우리 편이다!"

어디선가 그렇게 외치는 목소리가 들렸다.

삽시간에 남쪽 연합군의 함성 소리가 퍼져 나갔다.

상황은 동쪽도 서쪽도 다르지 않았다.

디멘션 게이트의 동쪽 방면에서 포위진을 펼치고 있던 유럽 연합군은 경악했다.

유럽 신화에서 등장하는 거대한 늑대, 펜릴이 나타났기 때문이다.

유럽 연합군도 갑작스러운 일로 어리둥절해 하다가 거대한 늑대가 팬텀을 공격하기 시작하자 환호성을 지르기 시작했다.

펜릴은 거대한 앞발로 팬텀의 디스토션 필드를 여지없이 찢었으며, 거대한 입으로 물어 죽였다.

그리고 발로 내려쳐 때려죽이기도 했다.

팬텀에게 있어 펜릴은 천적과도 같았다.

주변에서 얼쩡거리던 솔져급과 트루퍼급 팬텀을 대충 처리한 펜릴은 전차(Tank)급과 함께 움직이고 있는 초거대 팬텀을 노려봤다.

캬우우우우우우!

초거대 팬텀을 향해 길게 포효를 내지른 펜릴의 눈에는 푸른 화염이 일렁거리고 있었다.

상황은 서쪽에서 방어진을 치고 있던 미군도 비슷했다.

메멘토모리를 양산한 레일건으로 팬텀을 지우던 그들 앞에 초거대 팬텀이 나타났다.

확실히 메멘토모리의 위력은 엄청났다.

팬텀의 디스토션 필드를 찢어발길 위력을 가지고 있었으니까.

하지만 초거대 팬텀의 디스토션 필드는 막강했다.

아무리 메멘토모리로 사격해 봐도 초거대 팬텀의 디스토

선 필드는 꿈쩍도 하지 않았다.

그렇게 초거대 팬텀이 압박해 오자, 더글라스 사령관은 조금씩 전선을 후퇴시킬 수밖에 없었다.

그런 상황에서 미군들 앞에 거대한 육전 생물이 나타났다.

베헤모스.

구약성서에 등장하는 하마처럼 생긴 거대한 생물이다.

미군들 앞에 나타난 베헤모스는 거대한 턱으로 팬텀을 물어뜯었다.

디스토션 필드를 펼쳐도 베헤모스의 송곳니를 막을 수 없었다. 베헤모스는 디스토션 필드 채로 팬텀을 씹어 먹었다.

그리고 역시나 전차급과 함께 행동 중인 초거대 팬텀을 노려봤다.

쿵! 쿵! 쿵!

베헤모스는 초거대 팬텀을 노려보며 발을 여러 번 내려쳤다.

각 방면에서 초거대 팬텀을 노려보며 전의를 불태우고 있는 네 마리의 신수들.

잠시 후, 네 마리의 신수는 초거대 팬텀들과 거의 동시에 일전을 벌이기 시작했다.

*   *   *

"퓨리 오브 더 헤븐(Fury Of The Heaven)!"

현성은 눈앞에서 새카맣게 몰려온 팬텀을 향해 전격 마법을 날렸다.

쿠르릉!

8클래스 전격계 마법, 퓨리 오브 더 헤븐.

하늘에서 먹구름이 끼이더니 샛노란 전격이 튀기 시작했다.

번쩍! 번쩍! 번쩍! 콰콰콰콰콰쾅!

하늘과 땅 사이에 노란색 빛이 수도 없이 번쩍인다.

하늘에서 샛노란 벼락이 빛을 내며 땅으로 내리꽂히고 있었던 것이다.

키에에에엑!

대규모 범위의 전격 마법에 감전된 팬텀들은 비명을 지르며 자리에서 쓰러졌다.

디스토션 필드를 뚫고 들어오는 전격은 버틸 수 없으리라.

키이이잉! 투학!

그때, 초거대 팬텀이 직경이 3미터나 되는 붉은빛의 구체를 현성을 향해 발사했다.

슈아아아아아아악!

공기 중의 먼지와 수분을 태우며 날아드는 붉은빛의 구체.

─쓸데없는 짓을.

현성을 향해 붉은빛의 구체가 다가오자 요르문간드가 움직였다.

슈우우우욱!

요르문간드는 현성의 몸 주위에 빛의 막을 형성시켰다.

번쩍! 카가가가각!

하얀빛의 막에 붉은빛의 구체가 부딪치자 섬광과 함께 소름 돋는 쇳소리 같은 음향이 전장에 울려 퍼졌다.

텅!

그리고 이내 붉은빛의 구체는 하얀빛의 막을 뚫지 못하고 튕겨져 나갔다.

콰아아아앙!

튕겨나간 붉은빛의 구체는 팬텀이 운집해 있는 장소에 떨어지면서 폭발했다.

키에에엑!

폭심지에 있던 팬텀은 붉은빛 속으로 삼켜지면서 눈 깜짝할 사이에 먼지가 되어 사라졌다.

―흠. 이제 거의 정리가 끝난 거 같군.

요르문간드는 붉은빛의 구체가 떨어진 장소를 바라보더니 코웃음을 치며 현성에게 텔레파시를 보냈다.

초거대 팬텀의 붉은빛의 구체 덕분에 팬텀의 숫자가 눈에 띄게 줄어들었던 것이다.

"남은 건, 이제 저놈뿐인가."

높이 약 30미터, 폭은 약 20미터 정도에 길이가 60미터에 달하는 초거대 팬텀.

　―캐리어(Carrier)급 팬텀이라니 벌써부터 머리가 아파오는 군.

　"저걸 캐리어급이라고 부르나?"

　―그렇다. 먼저 말하지만 디스트로이어급보다 강하다. 그리고 저 녀석의 내부에는 어마어마한 숫자의 팬텀이 탑재되어 있지. 그 숫자가 얼마인지 듣고 싶지 않을 거야.

　"과연. 그래서 캐리어(Carrier: 수송)급인가."

　―그뿐만이 아니다. 저 덩치에 걸맞는 공격력과 방어력도 가지고 있지. 상대하기 여간 까다로운 게 아니야.

　"너보다도 강한가?"

　샤아아아아!

　현성의 말에 요르문간드는 하얀 독니를 드러내며 바람 빠지는 웃음소리를 흘렸다.

　―당연히 내가 강하지.

　"그럼 걱정할 게 뭐가 있지? 이곳에는 네가 있고, 내가 있는데."

　―역시 그대는 재밌는 인간이군.

　요르문간드는 다시 한 번 웃음을 터트렸다.

　"요르문간드. 한 번 더 회복시켜 줘."

　―또? 하여간 쉬지를 못하게 하는군.

요르문간드는 고개를 좌우로 흔들며 현성에게 따스하게 빛나는 하얀 구체를 날렸다.

하얀 구체는 현성의 몸속으로 흡수됐다.

현성은 다시 활력이 넘치며 마나가 차오르는 것을 느꼈다.

"고맙군."

솔져급과 트루퍼급 팬텀을 상대하면서 현성은 요르문간드로부터 체력과 마나를 회복시키는 하얀 빛 구체를 몇 번이나 받았다.

그 덕분에 8클래스 마법을 마음껏 써대고도 마나는 여유롭게 남아 있었다.

자신의 힘을 절반이나 쏟아 부어 만든 분신답게 요르문간드의 기운은 어마어마했다.

그리고 요르문간드는 그 기운 대부분을 현성을 회복시키는데 썼다.

"그럼… 가볼까?

현성은 초거대 팬텀, 캐리어급 팬텀을 노려보며 양손을 내밀었다.

그러자 현성의 발밑에서 붉은빛을 내는 마법진이 전개되었다. 그리고 여덟 개의 마나서클이 힘차게 회전했다.

키이이이잉!

현성이 마법을 준비하는 동안, 요르문간드도 입 안에 하얀 빛 구체를 모으고 있었다.

요르문간드의 입 안에서 어마어마한 양의 빛이 집속되며, 어서 빨리 발사되기를 기다린다.

"하이드로겐 블라스트(Hydrogen Blast)!"

8클래스 궁극의 공격 마법.

상대의 진영에 수소 폭발을 일으키는 어마어마한 위력의 공격 마법이다.

즈즈즈즈즹.

하이드로겐 블라스트 마법을 시전하자 현성이 내밀고 있던 양손 앞으로 붉은색 마법진이 그려졌다.

투학!

그리고 잠시 후, 마법진에서 붉은 구체가 튀어나왔다.

번쩍!

그 뒤를 이어 요르문간드의 입에 물려 있던 빛의 구체가 캐리어급 초거대 팬텀을 향해 날아들었다.

붉은빛의 구체와, 하얀빛의 구체가 크로스하며 나선을 그린다. 붉고 하얀 빛의 일격이 어두운 사막을 갈랐다.

콰아아아아아아아아앙!

캐리어급 초거대 팬텀에 착탄한 구체가 대폭발을 일으켰다. 그러자 버섯 모양의 구름이 솟구쳐 오르며 폭심지에 있던 캐리어급 초거대 팬텀과 기타 크고 작은 팬텀을 한순간에 먼지화 했다.

현성과 요르문간드는 단 둘이서 이 일대에 존재하던 모든 팬텀을 전멸시킨 것이다.

쿠구구구구궁.

"끝났나?"

현성은 눈앞을 바라봤다.

여전히 폭발의 여파는 끝나지 않고 지속되고 있었다.

분명 살아남은 팬텀은 없을 터.

—아무래도 나는 여기까지인 것 같군.

"그게 무슨 소리지?"

갑자기 들려온 요르문간드의 텔레파시에 현성은 고개를 들었다. 그리고 서서히 투명해지면서 사라져 가고 있는 요르문간드의 모습을 볼 수 있었다.

"기력이 떨어진 건가."

그 모습을 본 현성은 쓴웃음을 지으며 말했다.

—어딘가의 누구 때문에 말이지. 하지만 걱정하지 마라. 조만간 다시 보게 될 테니까.

그렇게 말한 요르문간드는 동서남북 사방을 차례로 바라봤다.

—흠. 내가 데리고 온 응원군들도 최소한의 일은 끝내놓은 듯하군. 남은 건, 그대에게 맡기겠다. 디멘션 게이트를 꼭 막기를 바란다.

"알겠다."

—나중에 보자, 나의 벗이여.

그 말만을 남기고 요르문간드는 사라졌다.

현성은 요르문간드가 사라진 이라크의 밤하늘을 올려다보다가 이내 고개를 내리고 전방을 주시 했다.

저 너머에 그것이 있다.

지금의 사태를 일으킨 원흉.

그리고 사해문서에 기록된 팬텀을 이쪽 세계로 넘어오게 만든 물건이.

"이제 디멘션 게이트만 처리하면 되겠군."

현성은 다시 몸을 추슬렀다.

팟!

순간 현성의 모습이 사라졌다.

디멘션 게이트가 있는 장소를 향해 빠르게 이동을 시작한 것이다.

제 12 장
화려한 귀환

디멘션 게이트의 실험실.

이반 알렉산드로비치 이바노프 박사가 이라크 사막 위에 임시로 마련한 건물이다.

하지만 지금은 건물이라고 부르기에 민망할 정도로 부서지고 무너진 상태였다. 단지 이곳에 건물이 있었다는 흔적과 잔해만이 펼쳐져 있었던 것이다.

그리고 지금 그곳에는 크고 작은 수 미터 크기의 팬텀이 득실거리고 있었다.

분명 실험실에 존재하고 있을 디멘션 게이트의 모습이 보이지 않을 지경이었다.

바로 그때,

터벅터벅.

디멘션 게이트의 실험실 내부에서 발자국 소리가 조용히 울려 퍼졌다.

키에엑?

팬텀의 시선이 발소리가 들려오는 곳으로 향한다.

그곳에 목까지 내려오는 금색 머리카락과 금색 눈을 가진 미청년이 홀로 팬텀을 향해 걸어오고 있었다.

탁.

어느덧 새카맣게 몰려 있는 팬텀 앞까지 다가간 하얀 양복을 입은 금발 청년은 자리에 멈춰 섰다.

키익. 키이익.

팬텀 한 마리가 금발 청년의 얼굴 앞에 자신의 얼굴을 가져다댔다.

날카로운 송곳니를 드러내고 침을 질질 흘리는 팬텀.

기분 나쁜 팬텀의 숨결이 청년의 얼굴을 덮친다.

그럼에도 안색 하나 바꾸지 않고 청년은 상큼한 미소를 지으며 한마디 했다.

"사라져라."

파스스슥.

그러자 청년의 얼굴 바로 앞에서 송곳니를 드러내고 침을 질질 흘리며 위협을 가하던 팬텀이 먼지처럼 부서져 내리는 게 아닌가?

그뿐만이 아니었다.

실험실 내부에 있던 모든 팬텀이 먼지처럼 부서지며 사라져 갔던 것이다.

팬텀이 사라지자 파괴되고 무너진 실험실 내부의 전경이 모습을 드러냈다.

"과연, 청동 거울과 같은 원리였나. 이러니 캐리어급 초거대 팬텀이 넘어오지."

청년은 실험실 내부에서 나타난 디멘션 게이트를 바라보며 혀를 찼다.

단군신화에 등장하는 삼신기 중 하나인 청동 거울.

그것의 정체는 알 수 없었다.

지구상에 존재하지 않는 물질과 구조로 이루어진 오파츠였으니 말이다.

그 이후 계속된 연구에 의해 디멘션 게이트처럼 차원 이동이 가능한 오파츠라는 사실을 밝혀져 한국 지부에서 비밀리에 연구 및 실험을 시작했다.

하지만 결국 청동 거울은 사고를 불러 일으켰다.

청동 거울이 폭주하여 팬텀이 넘어오는 사태가 일어났던 것이다. 그나마 청동 거울을 실험하던 장소가 환상의 섬이라는 격리 공간이라 다행이었다.

그렇지 않았다면 무슨 일이 생겼을지 알 수 없었을 테니까.

그리고 청동 거울이 폭주하면서 한 가지 사실을 알 수 있었다. 그것은 차원의 문이 열리면 계속 커진다는 사실이었다.

실제로 지금 금발 청년의 눈앞에 있는 디멘션 게이트는 직경이 처음보다 약 세 배나 커져 있었다.

직경 약 30미터.

그 덕분에 캐리어급 초거대 팬텀이 이쪽 세계로 넘어올 수 있었을 터.

"슬슬 올 때가 되었군."

디멘션 게이트의 모습을 확인한 금발 청년은 미소를 지으며 무언가를 기다리는 듯했다.

휘이익! 타닥.

잠시 후, 하늘에서 금발 청년 앞에 떨어져 내리는 인물이 있었다.

아직 스무 살도 되어 보이지 않는 나이에 검은색 머리카락과 검은 눈을 가진 전형적인 한국인 소년.

"기다리고 있었다. 과거의 나."

금발 청년, 크라우스 폰 발렌시아는 현성을 향해 반가운 미소를 지어보였다.

"크라우스 폰 발렌시아?"

현성은 눈앞에 있는 금발청년을 바라봤다.

그는 자신의 기억 속 모습과 일치했다.

"너는 대체……."

현성은 경계의 눈빛으로 크라우스의 모습과 똑같이 생긴 청년을 노려봤다.

"그렇게 나를 보지 않아도 된다. 나는 너니까."

"그게 무슨 헛소리지?"

"말 그대로야. 나는 너다. 이러면 증명이 되겠나?"

크라우스는 웃음을 흘리며 자신의 마나서클을 개방했다.

"……!"

그러자 현성은 두 눈을 부릅떴다.

'이, 이건… 9, 9서클!?'

믿을 수 없게도 눈앞에 있는 크라우스는 아홉 개의 마나서클을 가지고 있었다.

'그, 그것뿐만이 아니야.'

현성은 혼란스러운 표정을 지었다.

크라우스의 마나서클은 매우 익숙했다.

얼마나 익숙하나 하면…….

"내 마나서클……?"

크라우스에게서 느껴지는 마나서클의 기운이 자신과 똑같다고 생각될 정도였으니까.

정말 자신인 것처럼.

"이 정도면 증명이 되었겠지. 그럼 본론으로 들어가 볼까?"

"본론이라니… 아니 그것보다 너는 대체 누구냐?"

현성은 날카로운 눈으로 크라우스를 노려봤다.

"그러니까 나는 너라니까. 뭐 정확히는 미래의 너라고 할 수 있지."

"미래의 나… 라고?"

"그래."

크라우스는 고개를 끄덕였다. 거기에 화려한 미소를 지으며 믿기지 않는 말 한마디까지 덧붙였다.

"그리고 지금 현대에서는 나를 마법 협회 회장이라고도 부르고 있지."

"……!"

크라우스의 말에 현성은 눈을 부릅뜨며 놀란 표정을 지었다.

마법 협회 회장이라니!

이게 대체 무슨 소리란 말인가!

"그뿐만이 아니야. 너는 궁금한 적이 없었나? 대체 어째서 자살을 시도한 자신이 이드레시안 차원계로 갈 수 있게 되었는지."

"헛!"

현성은 숨이 멎을 것 같은 표정으로 크라우스를 바라봤다.

"그, 그걸 어떻게?"

"말했잖아. 나는 너라고. 그리고……."

순간 여유로운 모습으로 미소 짓던 크라우스의 얼굴에 날카로운 빛이 감돌았다.

"자살을 시도한 너의 영혼을 이드레시안 차원계로 날려 보낸 것도 나야."

"뭐, 뭐라고!"

크라우스의 말에 현성은 기가 막힌 표정을 지었다.

자신의 영혼을 이드레시안 차원계로 날려?

"무, 무슨 그런 바보 같은……!"

"최초의 디멘션 게이트 실험일."

"……!"

나직한 목소리의 크라우스의 말에 현성은 자기도 모르게 숨을 삼켰다.

"너도 알고 있겠지. 그리고 의심하고 있었을 거야. 자살을 시도한 날짜와 나타샤 스베틀라나 스미르노바 박사가 시작한 디멘션 게이트 실험일이 겹친다는 사실에 대해서."

"마, 말도 안 돼. 디멘션 게이트가 열렸다고 해서 영혼을 다른 차원으로 보낸……."

"벌써 잊은 거냐!"

크라우스는 현성의 말을 중간에서 가로챘다.

"이드레시안 차원계에서 내가 무슨 미련을 남기고 왔는지를. 현대에서 무엇을 이루고 싶어 했는지를!"

"내가 이루고 싶어 한 것이라니? 그건……!"

순간 현성은 두 눈을 부릅떴다.

"9서클 마스터⋯⋯."

"그래 맞아. 그게 현대에서 내가 이루고 싶어 했던 거지. 너와 나의 차이는 그걸 이루고, 못 이루고의 차이다."

"⋯⋯."

그 말에 현성은 말없이 눈앞에 있는 자신, 크라우스를 바라봤다.

확실히 말이 된다.

디멘션 게이트가 열리던 날, 공교롭게도 자신은 학교에서 왕따를 당하고 집단 괴롭힘을 당한 끝에 자살을 선택했다.

그 결과, 육체와 영혼이 서로 불안정한 상태에 빠졌을 터.

그때를 노렸다면 눈앞에서 미래의 자신이라고 주장하고 있는 크라우스가 마법으로 영혼을 이드레시안 차원계로 날려 보내는 게 가능했을 것이다.

그는 다름 아닌 신에 근접하다는 9서클을 마스터한 마법사였으니까.

"그렇다고 해도 내가 한 일은 디멘션 게이트가 열린 세계로 과거의 내 영혼을 보냈을 뿐이지만 말이야."

크라우스가 한 일은 단지 그뿐이었다.

디멘션 게이트가 연결된 세계가 단지 이드레시안 차원계였을 뿐. 아무리 9서클을 마스터한 대마법사라고 해도 특정 차원계를 콕 집어서 여행을 보내기란 거의 불가능에 가까웠다.

왜냐하면 차원계는 별의 숫자만큼 존재하고 있었으니까.

거기다 현성을 디멘션 게이트가 열린 세계로 보낸 크라우스는 이미 알고 있었다.

자신이 보낸 현성이 이드레시안 차원계에서 무엇을 하고, 다시 현대로 돌아와 무엇을 할지 말이다.

눈앞에 있는 소년은 다름 아닌 자기 자신이었으니까.

"알겠다. 네 말을 인정하지. 하지만 한 가지만 말해 다오."

"알고 있다. 어째서 이런 이야기를 이런 장소에서 하느냐 말이지?"

크라우스의 말에 현성은 멈칫했다.

하지만 이내 고개를 끄덕였다.

크라우스의 말에 의하면 자신은 바로 그였으니까.

자신이 무엇을 생각하고 있는지 그러면 잘 알고 있을 터.

"그래."

현성은 고개를 끄덕이며 긍정했다.

하지만 현성은 모를 것이다.

지금 크라우스가 이 순간을 얼마나 기다려 왔는지를.

현성이야말로 크라우스의 비원을 이루게 해줄 열쇠였다.

"그거야 두말할 필요도 없이 팬텀 때문이지."

크라우스는 분노에 찬 눈빛을 번뜩였다.

9서클 마스터의 대마법사가 흘리는 살기에 현성은 오싹함을 느꼈다.

그만큼 8서클과 9서클은 하늘과 땅만큼의 차이가 있었다.

"모든 건 저 빌어먹을 이차원 침략체 때문이다. 신들이 제대로 처리하지 않아 인간과 신수, 그리고 세계에서 숨어 살고 있는 이종족만 죽어라 고생하는 중이지."

"허, 이종족이라고?"

현성은 신과 신수에 대해서는 알고 있었다.

요르문간드와 만나면서 이런저런 이야기들을 들었으니까.

그런데 이종족에 대해서는 금시초문이었다.

"아무튼 중요한 건 팬텀 때문이라는 것을 알아둬라. 팬텀 놈들은 오지랖이 굉장히 넓어. 우리 세계뿐만이 아니라 다른 차원계마저도 노리고 있더군."

"다른 차원계라니… 이드레시안 차원계도 말인가?"

"물론. 하지만 이드레시안 차원계가 침략을 받으면 적어도 수천 년은 지나야 할 거다. 차원계는 별의 숫자만큼 있으니까. 그리고 지금 우리가 걱정해야 되는 건 저거다."

크라우스는 디멘션 게이트를 손으로 가리켰다.

그 순간,

키이이이익!

타이밍 좋게도 직경 30미터에 달하는 디멘션 게이트에서 가슴을 뒤흔드는 울부짖음이 들려왔다.

"크옥! 이건……."

"지금 디멘션 게이트에서 기어 올라오는 건 일반 팬텀과는 다른 존재다."

크라우스는 살짝 굳은 안색으로 말했다.

그는 분노감과 아쉬움, 착잡함 등이 어우러진 표정을 짓고 있었다.

"일반 팬텀과는 다르다고?"

"그래. 하지만 너도 잘 알고 있는 존재이기도 하지."

"뭐?"

크라우스의 말에 현성은 디멘션 게이트를 바라봤다.

쑤욱!

순간 디멘션 게이트에서 검은색 기둥이 솟구쳐 올라왔다.

또다시 팬텀이 디멘션 게이트를 통해 기어 나오려고 하고 있는 것이다.

"저놈은 너도 본적이 있을 거다. 환상의 섬, 한국 지부 비밀 아티팩트 연구소에서."

"……!"

크라우스의 말에 현성은 디멘션 게이트를 뚫어져라 주시했다. 디멘션 게이트에서는 거미 다리 같은 기둥들이 계속 솟구쳐 올라오고 있었다.

환상의 섬, 비밀 아티팩트 연구소에서 청동 거울로 연 차원의 문은 고작해야 직경 5미터 정도였다.

기본 크기인 디멘션 게이트보다 절반이나 작았다.

하지만 지금 디멘션 게이트는 직경이 30미터까지 늘어나 있었다.

크라우스의 말대로라면 환상의 섬에서 본 팬텀은 손쉽게 이쪽 세계로 넘어올 수 있을 것이다.

환상의 섬에서 본 팬텀, 정체를 알 수 없는 생명체의 크기는 추정이지만 약 8미터 정도로 보였으니까.

키이이.

"……!"

디멘션 게이트의 칠흑처럼 어두운 경계 너머에 붉은 광점이 여덟 개가 나타났다.

정체불명 팬텀의 붉은 눈이었다.

"저놈은 분명 환상의 섬에서 아공간이 붕괴해 격리되었을 텐데……."

"맞아. 하지만 저놈은 만만한 존재가 아니다. 무슨 수를 썼는지는 모르겠지만, 아공간에 갇혀 있을 저놈이 지금 디멘션 게이트에서 기어 나오고 있는 것만 봐도 알 수 있지."

"독종이군."

현성은 질린다는 표정으로 디멘션 게이트의 속의 팬텀을 노려봤다.

그러다가 이내 무언가를 깨달은 표정으로 현성은 크라우스를 바라봤다.

"그런데 네 말대로라면 너는 이미 이런 사실을 알고 있었다는 게 아닌가?"

현성은 날카로운 눈으로 크라우스를 노려봤다.

크라우스의 말대로라면 그는 지금 일어나고 있는 사실들을 전부 알고 있다는 소리였다.

그렇다면 그것을 사전에 막을 수 있지 않았을까?

"네가 무슨 말을 하고 싶어 하는지 알고 있다. 확실히 네 말 대로야. 나는 무슨 일이 생길지 알고 있고, 그걸 막을 힘도 있지. 하지만……."

크라우스는 말꼬리를 흐렸다.

"막고 싶어도 막을 수가 없었다. 내가 이 세계의 시간대에 개입해 버리면 미래가 어떻게 꼬일지 알 수 없었으니까."

크라우스는 미래의 현성이다.

그 때문에 그는 자신이 알고 있는 범위 내에서 활약해 왔다.

나타샤를 구한 것도, 현성이 그녀를 크라우스가 구했다는 사실을 알고 있었기에 그렇게 움직였던 것이다.

"환상의 섬에서 내가 개입하여 청동 거울을 회수했다면 어떻게 되었을 것 같나? 분명 저 녀석이 아공간에 갇히는 일은 없게 되었을 테고 지금보다 훨씬 전에 이쪽 세계로 넘어오게 되었을지도 모르지."

현성이 환상의 섬에서 본 팬텀 퀸은 분명 아공간이 붕괴되면서 격리되었다.

하지만 그럼에도 불구하고 팬텀 퀸은 디멘션 게이트를 통해서 다시 이쪽 세계로 모습을 드러내려 하고 있었다.

그런데 만약 아공간에 감금되지 않았었다면 어떻게 되었을까?

크라우스의 말대로 지금보다 훨씬 이전에 이반 박사의 디멘션 게이트 실험에서 이쪽 세계로 기어 나오려 했을지도 모른다.

"다른 일들도 마찬가지다. 너와 연관된 사건에는 되도록 개입하지 않았다. 내가 무분별하게 개입하여 일을 벌일 경우 내 기억 속의 과거와 미래가 달라지면 나로서는 손쓸 방도가 없어지니 말이야."

"무언가 복잡하군."

"말하자면 타임 패러독스지. 만약 내가 너를 이드레시안 차원계로 보내지 않았다면 어떻게 되었을 것 같나?"

"내가 이드레시안 차원계로 가지 않았다면?"

정말 그렇게 되었다면 어떻게 되었을까?

적어도 마법사 김현성은 존재하지 않을 것이다.

'정말 그렇게 되었다면 이 세계에는 마법이 존재조차 하지 못하게 되겠지만 말이야.'

크라우스는 씁쓸한 표정을 지으며 속으로 생각했다.

이 세계에 마법이 없어진다면, 인류는 팬텀에게 손도 발도 쓰지 못하고 패퇴할 수밖에 없을 것이다.

마법이 없었다면, 미국의 메멘토모리부터 시작해서, 팬텀에게 대항하기 위해 만들어낸 울프독이나, 매직 슈트 같은 마도병기들도 존재하지 못하게 될 테니까.

그리고 지금 이 순간에도 세계 각국에서는 팬텀에게 대항하기 위해 신병기들을 제작하고 있는 중이었으며, 세계 초강대국인 미국 같은 경우 비밀리에 MA 프로젝트를 진행 중이었다.

MA는 매직 아머(Magic Armour)를 뜻한다.

매직 아머는 유럽에서 이미 실전 배치 중인 매직 슈트의 상위 버전으로 크기가 6미터에 이르는 거대한 인간형 병기였다. 이드레시안 차원계의 기간트라고 할 수 있었다.

이러한 대팬텀 병기도 마법이 없었다면 만들어낼 수 없었을 것이다.

"너는 아직 잘 모르겠지만, 네가 해야 할 일이 많아. 내가 이미 해온 일들이지만."

크라우스는 씁쓸한 웃음을 지으며 현성에게 말했다.

길고 긴 인고의 나날들.

그것을 자신은 참고 견뎌냈다.

그리고 이제 끝이 머지않았다.

하지만 눈앞에 있는 검은 머리 소년은 아니었다.

그는 이제부터가 시작이었으니까.

"우선은 저놈부터 처리하는 게 먼저다. 저놈이 이 세계로 넘어오면 모든 게 끝장나 버리니까."

"뭐? 그럼 막아야 되지 않나?"

크라우스의 말에 현성은 놀란 표정으로 반문했다.

그러자 크라우스는 어두운 표정을 지었다.

"맞아. 지금 저 녀석을 막을 사람은 우리밖에 없다. 그러니 너도, 아니 내가 이해해야겠지."

"그게 무슨 말… 엇!"

순간 현성의 몸이 지면에서 붕 떠오르더니 디멘션 게이트를 향해 곤두박질치는 게 아닌가?

"무, 무슨 짓이야!"

깜짝 놀란 현성이 소리쳤지만, 이미 디멘션 게이트는 지척까지 다가와 있었다.

"팬텀 퀸은 불사의 존재다. 아무도 죽일 수 없지. 그 때문에 신들이 이 세계를 버리고 다른 차원으로 떠난 거다. 팬텀을 완전히 박멸시킬 수 없었으니까. 쫓아내는 건 가능하지만, 그래서는 아무런 해결 방안이 되지 않아. 시간이 지나면 다시 나타나게 될 테니까. 마치 바퀴벌레처럼 말이야."

"그래서 대체 뭘 하겠다는……."

"너라면 잘 알고 있겠지. 현대 마법의 구동 원리와 체계를."

"그게 어떻다는 거냐?"

현대 마법.

그건 이드레시안 마법 체계와 매우 비슷했다.

"그 마법이 어디서 나왔을 것 같나? 그리고 지금의 나는 어느 시간대에 존재한다고 생각하지?"

크라우스는 쓴웃음을 지으며 현성을 바라봤다.

그 순간 현성의 머릿속으로 인천역사유물박물관 지하에서 서유나와 대련을 하며 나누었던 대화가 떠올랐다.

"현대에 존재하는 마법을 누가 먼저 창안했는지 불명이다. 다만 중세 유럽에서부터 시작되었다고 전해지고 있지."

"중세시대라고요?"

"그래. 정확하지는 않지만 마법의 역사는 약 600년 정도 된다. 그리고 마법 협회가 설립된 지는 약 500년 정도 되었지."

"5, 600년이라… 그럼 그 이전에는 마법이 존재하지 않았습니까?"

"불명이다. 최근 마법 연구가들에 의하면 고대 문명 시절에 마법이 존재했을지도 모른다는 가설이 제기되고 있기는 하지. 하지만 지금과 같은 마법이 나타난 것은 중세 시대부터다."

지금과 같은 마법이 나타난 것은 중세시대부터!

"서, 설마!"

서유나의 마지막 말을 떠올린 현성은 두 눈을 부릅뜨며 놀란 표정을 지었다.

"그 설마가 맞다. 그리고 내가 왜 이 시간대에 마음대로 개입할 수 없었는지 지금의 너라면 알 수 있겠지?"

"타, 타임 패러독스!"

그제야 현성은 어느 정도 상황을 이해했다.

눈앞에 있는 크라우스가 누구인지, 그리고 이제 자신이 무엇을 해야 하는지 까지도.

"지금 팬텀 퀸을 막을 수 있는 건, 너뿐이다. 그리고 미래를 준비하는 것도."

크라우스는 슬픈 듯한 표정으로 현성을 바라봤다.

지금부터 눈앞에 있는 소년은 또다시 홀로 여행을 떠나야 한다.

길고 긴 시간이 지나야 다시 돌아올 수 있는 머나먼 여행을.

"지금부터 너를 매개체로 시간 봉인 마법을 걸 거다. 이걸로 팬텀 퀸을 죽일 수는 없지만, 시간은 벌 수 있겠지. 인류가 팬텀에 대항할 수 있도록 준비하는 시간을."

그렇게 말한 크라우스는 마법을 준비하기 시작했다.

그의 9개 마나서클이 맹렬히 회전하며 돌아간다.

우우우우우웅!

어마어마한 양의 마나가 동조하며 공명한다.

"타임 씰(Time Seal)."

9클래스 시간 봉인 마법, 타임 씰.

이 마법을 시전하고 성공하기 위해서는 까다로운 조건이 있었다. 무엇보다 가장 큰 문제는 자기 자신의 시간을 정지시키고 봉인시키는 마법이라는 점이었다.

본래대로라면 이 마법은 크라우스 자신에게밖에 시전할 수 없다.

하지만 이곳에는 현성이 있었다.

현성은 크라우스에게 있어 과거의 자신.

즉, 타임 씰 마법이 현성을 크라우스로 인식할 수 있다는 소리였다.

우우우우우웅!

타임 씰이 발동되자 현성을 중심으로 하얀빛의 와류가 생겨났다.

현성은 지금 디멘션 게이트의 중심부에서 살짝 공중을 떠 있는 상태였다.

그 때문에 현성의 중심으로 발동한 타임 씰은 빛의 와류를 일으키며 모든 것을 빨아 당기고 있었다.

물론 아직 디멘션 게이트 내부에서 기어 나오고 있던 팬텀 퀸까지도.

키에에에에!

현성을 중심으로 발생한 와류에 닿은 모든 물질들은 빛이 되었다. 그것을 본 팬텀 퀸은 괴성을 지르며 디멘션 게이트 내부에서 나오지 않으려고 안간힘을 썼다.

"어딜!"

크라우스는 마나서클에 박차를 가했다.

후웅!

순간 현성을 감싸고 있던 빛의 와류가 커졌다.

키이이이이익!

와류는 디멘션 게이트 내부로 들어갈 정도로 거대해졌다.

지지지지지직!

빛의 와류와 격돌한 팬텀 퀸.

하지만 팬텀 퀸은 표면만 빛의 입자로 변했을 뿐 형태를 유지하며 와류 속으로 들어갔다.

직경이 약 20미터 정도 되는 빛의 와류 안에서 현성과 팬텀 퀸이 서로를 노려본다.

크라우스는 바로 이때를 기다리고 있었다.

빛의 와류 안은 시간을 정지하고 봉인할 수 있는 공간!

남은 건…….

"……."

순간 크라우스와 현성의 시선이 서로 맞부딪쳤다.

얼마 후, 크라우스는 조금 전부터 준비하고 있던 마법을 시전했다.

"리버스 타임(Reverse Time)."

9클래스 시간 마법, 리버스 타임.

시간을 역행시키는 마법이다.

크라우스는 리버스 타임을 빛의 와류 속에 있는 현성에게 걸었다.

화아아악!

그러자 현성의 몸에서 새하얀 빛이 터져 나왔다.

그리고 그 빛은 팬텀 퀸을 향해 밀려갔다.

팟!

어느 순간 현성의 몸이 빛의 와류 안에서 사라졌다.

팟!

그와 거의 동시에 팬텀 퀸도 모습을 감췄다.

"……."

크라우스는 조용히 주변을 둘러봤다.

어느 틈엔가 디멘션 게이트는 본래 크기인 10미터로 돌아와 있었다. 그리고 팬텀이 넘어오던 칠흑의 공간과도 연결이 끊어졌다.

남은 건 크라우스뿐.

그 외에는 아무것도 없었다.

"성공이군. 하하하하하!"

크라우스는 돌연 광소를 터트렸다.

시간 마법은 성공했다.

현성을 중심으로 반경 10미터의 공간을 타임 씰로 시간을 봉인했다. 거기에 리버스 타임으로 현성을 과거로 보냈다.

약 600년 전의 과거로.

그리고 현성이 과거로 시간 역행하면서 생긴 시간 파동으로 팬텀 퀸은 미래로 시간이 밀려났다.

쉽게 말해자면 현성이 팬텀 퀸의 시간을 발판삼아 과거로 이동한 것이다.

현성이 과거로 이동한 시간은 약 600년 전.

하지만 팬텀 퀸이 미래로 몇 년이나 날려갔는지는 알 수 없었다.

짧게는 수십 년, 그리고 길어봐야 600년은 넘지 않는다.

현성이 과거로 날려간 기간이 최대 600년이었으니 말이다.

"드디어… 돌아왔군."

미친 듯이 광소를 흘리던 크라우스는 감정을 수습했지만, 눈가에서 흐르고 있는 작은 물줄기까지 막을 수 없었다.

지난 600년간의 인내가 열매를 맺을 때가 왔으니까.

그리고 이제야 보고 싶어 했던 가족의 품으로 돌아갈 수 있었으니까.

"폴리모프 해제(Polymorph Disarm)."

크라우스는 8클래스 마법을 해제했다.

그러자 크라우스의 머리에서부터 노란색 마법진이 수평으로 전개되었다.

노란색 마법진은 천천히 크라우스의 머리에서부터 내려오기 시작했다.

샤아아아아.

크라우스와 마법진이 맞닿는 부분에서 노란색 빛이 뿜어져 나왔다.

잠시 후.

그곳에는 약관에 살짝 못 미치는 나이에 검은 머리카락과 검은 눈을 가진 동양인 소년이 있었다.

"600년 만의 귀환인가."

소년, 아니 현성은 씨익 웃음을 흘렸다.

"그럼 가볼까. 남은 잔당들을 소탕하러."

현성은 제자리에서 천천히 상승하기 시작했다.

하얀 달이 빛나는 어두운 이라크의 밤하늘.

어느 정도 상승한 현성은 아래를 굽어다 보며 주변을 둘러 봤다. 각 방면에서 팬텀과 전투 중인 세계 연합군들의 모습이 보였다.

우우우우우우웅!

주변을 살핀 현성은 아홉 개의 마나서클을 가동시켰다.

마나서클들이 마나와 공명하며 맹렬하게 회전한다.

잠시 후, 마법 준비를 끝낸 현성은 시전어를 외쳤다.

"헤븐즈 펠(Heavens Fall)."

화아아악!

9클래스 빛계열 공격 마법인 헤븐즈 펠을 시전하자 현성의 등에서 총천연색의 빛이 흘러나왔다.

마치 열두 쌍의 날개가 등에서 돋아나는 것처럼 무지갯빛이 이라크의 밤하늘을 수놓았다.

아름답고 화려한 무지갯빛의 무리.

하지만 아름다운 장미에 가시가 있는 것처럼, 헤븐즈 펠의 무지갯빛은 보기보다 위험했다.

현성의 등에서 날개처럼 뿜어져 나온 무지갯빛은 각 방면에서 인류와 전투 중이던 팬텀의 무리를 스치고 지나갔다.

파스스스슥!

무지갯빛 앞에서 팬텀의 디스토션 필드는 아무짝에도 쓸모가 없었다.

무지갯빛이 스쳐 지나간 자리에는 먼지가 된 팬텀의 잔해만이 남아 있을 뿐이었다.

600년 만에 크라우스 폰 발렌시아에서 진정한 자신의 모습으로 돌아와 단 일격에 절반이 넘는 팬텀을 전멸시킨 현성.

그의 화려한 귀환을 알리는 시작이었다.

에필로그

이라크 사막에서 일어났던 팬텀과의 일전은 당연한 소리 겠지만, 비밀에 붙여졌다.

　애초에 세계 각국의 소규모 특수 부대들이 이라크 사막에 집결한 사실부터 비밀이었지만, 어떻게 알아낸 것인지 매스들이 들러붙었다.

　하지만 마법 협회와 세계 각국의 정보기관이 손을 잡고 은폐하였기 때문에 지금도 세계는 평화로웠다.

　그날, 이라크 사막에서 현성이 팬텀의 절반 정도를 줄여준 덕분에 세계 연합군과 신수들은 손쉽게 팬텀을 막을 수 있었다.

문제는 그 후였다.

팬텀을 물리치고 난 전장에는 동양의 전설 속에서 등장하는 용, 펜릴, 피닉스, 베헤모스가 남아 있었다.

요르문간드는 그 전에 힘이 다하여 먼저 돌아갔다.

공통의 적인 팬텀이 사라지자 신수들이 어떻게 나올지 세계 연합군은 전전긍긍했다.

팬텀과 전투하면서 신수의 힘이 얼마나 강한지 보았던 것이다.

신수들은 자신들이 어찌하지 못한 캐리어급 초거대 팬텀을 홀로 상대할 정도였다

만약 그들과 적대하게 된다면 팬텀 못지않은 강적이 되리라.

하지만 신수는 인간의 기우를 비웃듯이 이라크 사막에서 어둠의 저편으로 사라져 갔다.

그 덕분에 세계 각국과 마법 협회 지부는 안도의 한숨을 내쉬었다.

그렇게 급한 불을 끈 마법 협회와 세계 연합군은 디멘션 게이트를 봉인했다.

그리고 디멘션 게이트를 강탈하고 비밀리에 연구하다가 이와 같은 비상사태를 일으킨 러시아는 마법 협회에서 제명시켰다.

마법 협회 러시아 지부 자체가 사라진 것이다.

거기다 국제사회 여기저기에서 러시아를 비난하는 목소리
가 흘러나왔다.

물론 디멘션 게이트나, 팬텀에 대한 게 아닌 러시아 정부에
대한 비난이었다.

그 결과 러시아 대통령이 책임을 지고 사퇴를 했다.

당연히 그 이면에는 마법 협회와 세계 연합군의 의지가 작
용하고 있었다.

아무리 러시아가 미국에 준하는 강대국이라고 해도 세계
와 싸울 수는 없었다.

이후 세계 각국은 예전과 다름없는 생활로 돌아갔다.

언젠가 또다시 이쪽 세계에 모습을 보일 팬텀에 대비해
마법 협회와 긴밀하게 협력하며 준비하기 시작했던 것이
다.

다만 달라진 점이 있다면, 이제 세계 각국은 팬텀이 어떤
존재들이 알게 되었다는 점이었다.

이라크 사막에서 팬텀과 치고 박으며 전투를 벌였으니 말
이다.

그리고 이라크 사막에서 팬텀과 전투가 끝나고, 현성은 마
법 협회 한국 지부와 함께 한국에 귀국했다.

"……."

따스한 햇볕이 내리쬐는 한가로운 오후.

현성은 천천히 집을 향해 발걸음을 옮기고 있었다.

이라크 사막에서 전투가 끝난 직후, 현성은 엄청나게 바빠졌다. 팬텀과 싸울 때보다도 더 바쁘다는 생각이 들 정도였다.

하긴 그럴 수밖에.

현성의 정체는 크라우스 폰 발렌시아.

현 마법 협회의 회장이었다.

거기다 한국 지부에서는 에이스 마법사 같은 존재.

팬텀과의 전투에 대한 사후 처리를 해야 했으며, 마법 협회 회장으로써 의무도 병행해야 했다.

그나마 다행인 점은 마법 협회에는 인재가 많다는 사실이었다. 현성이 없어도 마법 협회 본부를 운영할 인물이 남아 있었기에 여유를 부릴 수 있었다.

"대체 얼마 만에 보는 걸까……."

약 600년이다.

현성이 이라크 사막에서 크라우스의 손에 의해 중세 시대로 시간 역행을 한 후 지난 세월들.

만약 자신이 약 600여 년 전 과거로 가지 않았다면 어떻게 되었을까?

적어도 현대는 지금 같은 평화로운 생활을 보내고 있지는 못할 것이다.

팬텀과 이길 수 없는 전쟁을 하고 있을지도 모르니까.

"과거 그대로일까, 아니면 내 기억과 조금 다를까."

현성은 빙그레 작은 미소를 입가에 지었다.

기나긴 인고의 시간.

몇 번이나 가족들을 보고 싶었지만 현성은 참아냈다.

현대에는 아직 과거의 자신이 가족의 곁에 있었기 때문이다. 그리고 만약 그들을 다시 보게 되면 마음이 약해질 거라는 생각에 애써 참았다.

"하지만 이제 그것도 끝났지."

과거의 자신은 600년 전 과거로 날아갔다.

남은 건, 600년이라는 세월을 기다려온 자신뿐.

"드디어군."

현성은 고개를 들어올렸다.

그곳에 아담한 크기의 2층 주택 집이 있었다.

기억 속 그대로의 정겨운 자신의 집이었다.

땡동!

현성은 벨을 눌렀다.

—누구세요?

인터폰에서 어머니가 목소리가 들려왔다.

현성은 순간 눈물이 날 것 같았다.

하지만 애써 속으로 삼키며 가라앉은 목소리로 입을 열었다.

"저예요."

—아, 현성이 왔구나.

잠시 후, 집 대문이 열렸다.

현성은 집 안으로 성큼성큼 들어갔다.

그 직후,

벌컥!

"으아아앙! 오빠!"

허리까지 내려오는 길게 내려오는 은색 머리카락에 호수 같이 푸른 눈을 가진 10대 초반으로 보이는 귀여운 소녀가 현관문을 벌컥 열고 현성을 향해 달려들었다.

"유, 유리?"

현성은 소녀를 한눈에 알아봤다.

요르문간드의 작은 분신이 데리고 갔던 은발의 소녀.

팬텀과의 전투가 끝나고 그녀를 다시 보았을 때는 얼마나 반가웠던가.

유리에게 있어서는 얼마 안 되는 시간이었지만, 현성에게는 약 600년이라는 시간의 차이가 있었다.

'귀국할 때 안보이더니 벌써 집에 와 있었나?'

유리와 만난 현성은 그녀를 한국 지부에서 거두도록 뒤에서 힘을 썼다. 현성의 부탁과, 마법 협회에서도 유리를 받아들이라는 연락이 오자 서진철 관장은 두 손 두 발을 다 들 수밖에 없었다.

그 덕택에 유리는 한국 지부와 함께 귀국했다.

그 후 현성은 한국 지부에서 뒤처리하느라 시간을 좀 보낸 뒤에 홀로 집에 온 것이다.

그런데 이미 집에 유리가 와 있었을 줄이야.

"누구보고 오빠라는 거야! 오빠의 여동생은 나 하나뿐이라고!"

그리고 유리의 뒤를 이어 허리에 손을 턱 걸친 현아가 모습을 드러냈다.

"오빠. 시동생이 자꾸 절 괴롭혀요."

"캬악! 누구보고 자꾸 시동생이야!"

유리의 말에 현아는 비명을 지르며 소리쳤다.

그때, 현아의 등 뒤에서 익숙한 목소리들이 들려왔다.

"시동생. 누구 왔어?"

"무슨 일이지, 시동생?"

현아의 등 뒤에서 최미현과 서유나가 등장했다.

그녀들이 하나같이 시동생을 외쳐 대자 현아는 한숨을 푹 내쉬었다.

거기다 아직 끝이 아니었다.

"아, 안녕하세요."

"여~ 나의 소울 프렌드, 김현성. 여전히 인기가 많구나. 부러운 놈. 넌 역시 전생에 나라를 구한 놈일 거야."

이번에는 남효연과 남호걸이 집안에서 나오더니 현성에게 인사를 건넸다.

"오랜만이야."

가볍게 남호걸을 패스하고 현성은 남효연에게 웃으며 인사했다. 그 덕분에 남호걸은 하얗게 굳었다.

"오랜만이에요, 김현성 님."

그리고 그 뒤를 이어 이국적인 미소녀가 인사를 걸어왔다.

나이는 10대 후반으로 보였으며, 허리까지 길게 기른 백금발 머리카락과 검은색 눈을 가지고 있었다.

또한, 투명하리만치 새하얀 피부와 동양인에 가까운 뚜렷한 이목구비를 가진 아름다운 혼혈 미소녀.

"다시 보게 돼서 매우 반갑네요."

인형 같은 미소녀, 신유라는 살포시 미소를 지어보였다.

'허. 신유라까지…….'

지금 시간대라면 불과 며칠 전에 그녀에게서 생일 파티 초대 편지가 날아왔을 터.

그런데 설마 오늘 이렇게 만나게 될 줄이야.

어디 그뿐인가?

신유라뿐만이 아니라 자신이 보고 싶어 했던 사람들이 전부 집에 모여 있었다.

"모두 오빠가 오늘 집에 돌아온다고 해서 모였어."

그때 현아가 투덜거리며 한마디 했다.

현아의 말에 현성은 현관문을 열고 나온 사람들을 한 명 한

명 바라봤다.

자신의 가슴팍에 안겨 있는 귀여운 은발 소녀 유리, 화난 듯 허리에 손을 걸치고 있는 현아, 언제나 활기차 보이는 최미현, 차가운 표정의 얼음공주 서유나, 얼굴을 붉힌 채 안절부절 못하는 남효연, 그런 그녀 옆에 항상 붙어 있는 남호걸, 인형같이 생긴 백금발의 미소녀 신유라.

그리고 그녀들 뒤에 언제나 자신을 믿어주는 어머니가 미소를 지으며 서 있었다.

현성은 그녀들을 향해 미소를 지으며 말했다.

"다녀왔습니다."

『화려한 귀환』 완결

HERO 2300

FUSION FANTASTIC STORY

영웅2300

말리브 장편 소설

「도시의 주인」 말리브 작가의
특급 영웅이 온다!

『영웅2300』

돈 없는 찌질한 인생 이오열,
잠재 능력 테스트에서 높은 레벨을 받았지만

"젠장, 망했어! 되는 일이 하나도 없어!"

하필이면 최악의 망캐 연금술사가 될 줄이야!

그러나 포기란 없다.

최악에서 최고가 되기 위한
오열의 이야기가 시작된다!

Book Publishing CHUNGEORAM

유행이 아닌 자유추구 -
WWW.chungeoram.com

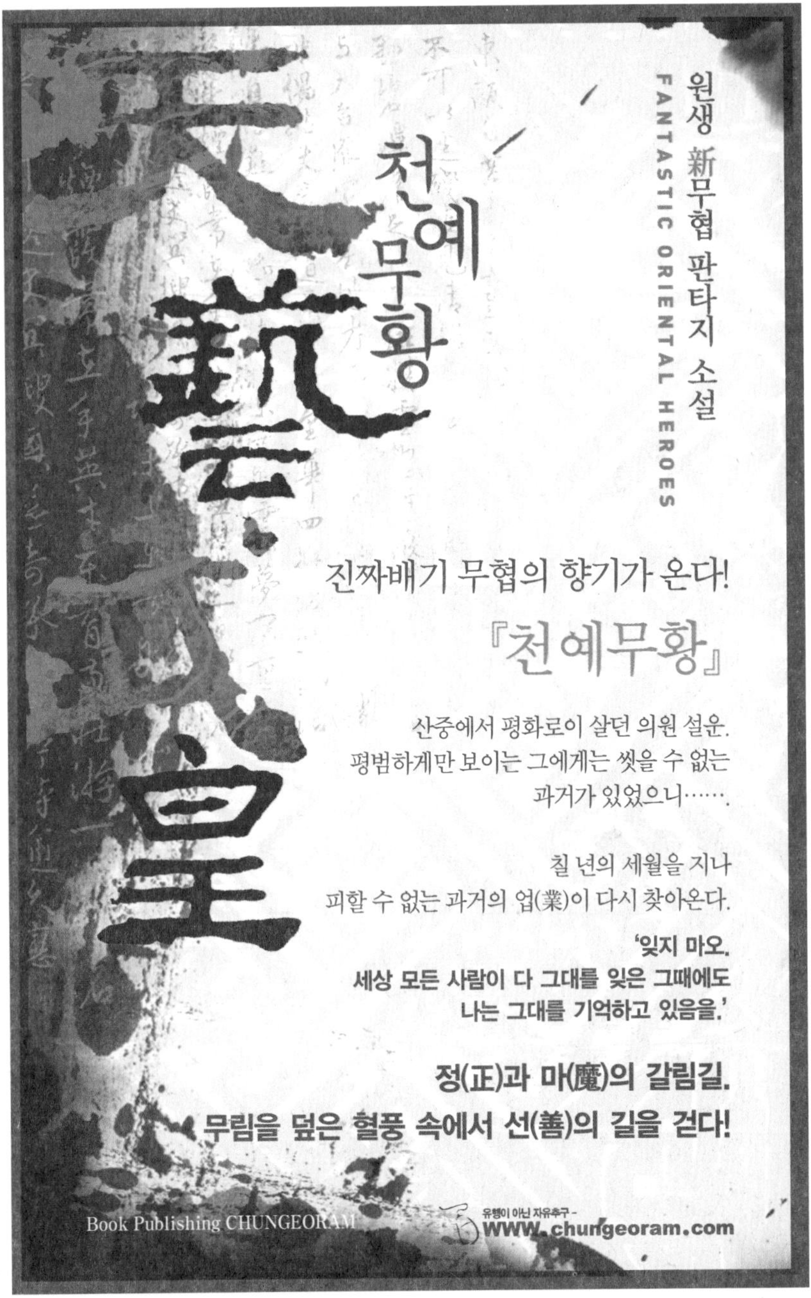
천예무황
원생 新무협 판타지 소설
FANTASTIC ORIENTAL HEROES
진짜배기 무협의 향기가 온다!
『천예무황』
산중에서 평화로이 살던 의원 설운.
평범하게만 보이는 그에게는 씻을 수 없는
과거가 있었으니…….
칠 년의 세월을 지나
피할 수 없는 과거의 업(業)이 다시 찾아온다.
'잊지 마오.
세상 모든 사람이 다 그대를 잊은 그때에도
나는 그대를 기억하고 있음을.'
정(正)과 마(魔)의 갈림길.
무림을 덮은 혈풍 속에서 선(善)의 길을 걷다!
Book Publishing CHUNGEORAM
유행이 아닌 자유추구 -
www.chungeoram.com

LORD

FANTASY FRONTIER SPIRIT

RAY 영주 레이샤드

SHADE

한승현 판타지 장편소설

저주받은 영지 아베론의 영주 레이샤드.
열다섯 번째 생일날,
정체불명의 열쇠가 그의 운명을 바꾸었다!

『영주 레이샤드』

시험의 궁을 여는 자, 원하는 것을 얻으리니!
시련을 극복하고 새로운 땅의 주인이 되어라!

레이샤드의 일대기가 시작된다!

Book Publishing CHUNGEORAM

유행이 아닌 자유추구 -
WWW.chungeoram.com

FANATICISM HUNTER

광신사냥꾼

류승현 판타지 장편 소설

FANTASY FRONTIER SPIRIT

「블레이드 마스터」의 류승현 작가가 펼쳐내는
판타지의 새로운 신화!

마도대전을 승리로 이끈 유리언 대륙의 영웅,
최강의 아크 메이지 제온!

그러나 '세상의 섭리'에 아내와 아이를 빼앗기는데……

『광신사냥꾼』

만약 그것이 정말로 세상의 섭리라면,
그마저도 무너뜨리고 말리라!

복수를 위한 제온의 위대한 여정이 시작된다!

Book Publishing CHUNGEORAM

유행이 아닌 자유추구 -
WWW.chungeoram.com